singles 6

Eben noch wehrt sich die alleinerziehende Mutter, eine Mittdreißigerin, gegen das Werben ihres Nachbarn Steffen, da hat sie auch schon einen Liebhaber: Roman, ein charmanter Trinker und hervorragender Koch. Der möchte aber leider mehr als nur Sex. Als dann tatsächlich das Wort Liebe fällt, beschließt sie, sich zu „entpaaren". Leichter gesagt als getan. Und als wäre das alles nicht schon genug, sind da auch noch ihr sechsjähriger Sohn, eine liebenswerte Nervensäge, und die komplizierten Nachbarn: Horst, ein ehemaliger Arzt und Millionär, nun aber Alkoholiker, die lärmempfindliche Studentinnen-WG ein Stock tiefer und natürlich Steffen, der sowieso jeden Tag klingelt. Als dieser dann eines Tages schwer verletzt vor ihrer Tür steht, wird es dramatisch.

Marion Pfaus alias „Rigoletti M" arbeitet als Medienkünstlerin und Autorin. Ihre Medienprojekte *Mut der Ahnungslosen, In drei einfachen Schritten zum Meisterwerk* und *Videobriefe* wurden vielfach ausgezeichnet. Gemeinsam mit Robert Weber und Felicia Zeller gründete sie 2000 das „Expertenteam", deren Auftritte in Berlin für Furore sorgten. 2002 erhielt Marion Pfaus das Literaturstipendium des Berliner Senats. Nach Kurzprosa in TAGESSPIEGEL, FREITAG und TAZ legt sie nun ihren ersten Roman vor.

Aus den Memoiren

einer Verblühenden

Marion Pfaus

Roman < Voland & Quist

Mission Impossible 2

Kino. Mission Impossible 2. Großartig. Meine Freundin mit der roten Brille und ich trinken Kinobier und kommentieren den Film während des Films. Könnt ihr mal ruhig sein? Könnt ihr mal's Maul halten? Nö. Schluss.

Ab in die Astrobar zum Flippern.

Ich steige auf mein Fahrrad und radel durch die Stadt. Vor laut hupenden Autos fahre ich her, die voller junger Männer sind, die mir aus dem fahrenden Auto Bier anbieten. Ihr trinkt Bier? frag ich. Es ist Autobier. Hup mich nicht an, sag ich und rase davon. Wie Tom Cruise auf dem Motorrad. Mein Vorderrad erhebt sich in die Lüfte. Ich muss schalten. Die Jungs verfolgen mich. Neben, hinter und vor mir sprenge ich die Brücken weg. Ein Funkenregen. Lodernde Flammen. Ich rette mich mit einem Sprung über die Spree. Bumm. Das Auto hinter mir ist explodiert. Die Feuerwehr rast durch die Stadt und sucht den Einsatzort. Das ist heute nicht so schwer, denn inzwischen brennt es überall. Es sind die Feuer der Leidenschaft, die ich auf meinem schnellen Fahrrad entfacht haben muss. Noch einmal schaue ich zurück und ziehe mir die Tom-Cruise-Maske vom Gesicht.

Astrobar.

Der Addams-Family-Flipper. Bier. Es muss noch mehr Bier getrunken werden.[1]

Endlich erspielt meine Freundin ein Freispiel, und wir können gehen.

In die Tagung, ein idealer Ort zum Trinken. Bier. Bier. Die Nacht ist lang.

Habe ich dir schon von der Herrenunterwäsche erzählt? frage ich meine Freundin.

1 vier Bier
fünf Bünf
sechs Becks

Welche Herrenunterwäsche?
Eine Werbebroschüre mit Herrenunterwäsche, abgebildet ist Herrenunterwäsche. In der Herrenunterwäsche stecken Männer ohne Oberkörper und Beine.
Ja und?
Durch den zarten Stoff sieht man deutlich die Genitalien, und ich habe sofort einen Eisprung bekommen.
Echt?
Auf meiner Lieblingsunterhose steht JOGGER, auf einer anderen SCHIESSER.
Wir diskutieren, ob es in der Astrobar oder in der Tagung die schöneren Männer gibt, da kommt genau so einer vorbei und lächelt. Das ist ein Zeichen. Ich winke ihn her. Er ist Student. Macht nichts. Der Student fragt mich nach dem Alter. Ich bin alt genug. Okay, okay. Ich hatte seit anderthalb Jahren keinen Sex mehr, sage ich. Das können wir sofort ändern, sagt der Student. Aber es ist doch schon vier Uhr. Die ideale Zeit. Hast du Wodka zuhause? Ja. Also gut.
Ein kleiner Fußmarsch, denn er wohnt ja schon seit vier Jahren im Hain, sagt er. Der junge Mann spricht überhaupt sehr viel. Er ist Pädagoge, Frauenfreund und Antiglobalisierungsaktivist. Über sämtliche konzertierte Aktionen im In- und Ausland werde ich informiert. Alles streng geheim. Sein Zimmer ist unterkellert mit einer Hanfanbauplantage. Überall ticken die Zeitschaltuhren. Und wo hast du den Wodka?
Dann liegt er neben mir und ist begeistert, dass ich eine Frau bin, die genau so dünn, nein noch dünner ist als er. Da freue ich mich aber auch mal, denn ich kann ihn ohne Brille überhaupt nicht erkennen. Dann kommt der direkte Körpervergleich von unten nach oben und genau in der Mitte sagt er: Und da wo ich meinen albernen Schwanz habe, hast du deine tolle Mumu.[2] Schnell steige ich vom Hochbett herab in meine Kleidung. Das ist doch aus dem Film[3], ruft er noch. Aber ich bin schon weg.

Mission Impossible 3

Es ist sehr laut. Es ist mitten in der Nacht. Es klingt wie Sägen. Es ist Sägen. Sägen mit einer elektrischen Säge. Horst.[4] Er sägt seine Wohnungstür auf. Ein Mordsgebrüll, Türen knallen. Tatütata, die Polizei ist da und sorgt für Ruhe. Nur Horst schreit ab und an noch Arschloch oder Fotze oder ihr Wichser in den Hinterhof hinein.
Am nächsten Tag bewundere ich ein mannshohes Loch in Horsts Wohnungstür. Sauber herausgesägt. Jemand manipuliert mein Türschloss, sagt Horst. Mensch Horst, hattest du Ärger? Ja, die Folkloregruppe war wieder da, sagt Horst. Ich weiß, ich bin auch aufgewacht. Oh, das tut mir leid. Macht nichts.
Mein Kind ist begeistert von dem Loch in der Tür und hüpft in Horsts Wohnung hinein und wieder raus. Ein paar Tage später hat Horst aber das Loch mit einer Sperrholzplatte wieder zugenagelt. Ebenfalls nachts. Schade, sagt das Kind.

2 Mumu und Lolo, die liefen durch den Hain.
Es war noch finster und Lolo wollte rein.
Und dann, liebe Kinder, hat sich Lolo einmal ganz doll gestreckt und ist mir-nix-dir-nix in Mumu verschwunden.
Und dort hatten die beiden einen irren Spass,
und als Lolo wieder rauskam, da war er ganz nass.
Ja, liebe Kinder, so geht das, und wenn ihr auch mal groß seid, dann könnt ihr noch viele tolle Geschichten mit Mumu und Lolo erleben. Zum Beispiel wie der Lolo die Mumu ganz doll nagelt.
Aber natürlich nur, wenn sie nicht gestorben sind.

3 Sinn des Lebens, Monty Python

4 1. Stock links

Mission Impossible 4

Es klingelt. Steffen[5] holt mich zum Bier ab. Er versucht schon seit Monaten, mich zum Sex zu überreden. Das tut er mit klaren Ansagen wie: Wann vögeln wir? oder: Komm, wir vögeln ein bisschen. Einmal hat er sich sogar in mein Schlafzimmer geschlichen und aufs Bett gesetzt, aber ich sagte: Komm, ich brat dir ein Schnitzel, und briet ihm ein Schnitzel. Mit einundzwanzig Jahren[6] kann er sich nicht qualifizieren. Ich bin doch keine Trophäe. Das muss er einsehen. Aber seine Freundin Natalie aus Paris sei auch schon achtundzwanzig, sagt er, außerdem eine Femme Fontaine, eine Frau, die beim Orgasmus ejakuliert. Toll. Er ist begeistert. Dann fahr doch nach Paris.

An der Bar in der Tagung treffen wir einen jungen Mann. Roman. Wir trinken Wodka und unterhalten uns über Literatur, Musik, Theater und Wodka. Im Hintergrund hören wir Nina Hagen, die den Farbfilm vergessen hat, mein Michael. Und Peter Maffay singt: da liegt sie neben mir, hat mein Herz in der Hand. Aber Roman und ich sind uns einig, dass sie in Wirklichkeit was ganz anderes in der Hand hat. Auf Englisch wär's auch nicht besser: holding my heart in her hands.

Roman will mit mir ins Theater, ins Kino, zu Ausstellungen und vor allem Wodka trinken gehen. Und dann lädt er mich noch zu seinem Geburtstagsessen ein. Er wird fünfunddreißig. Am Samstag. In Kreuzberg.

Nachbar Steffen sagt: der hat sich gerade in dich verknallt. Unsinn. Doch, gehen wir vögeln? Nein. Aber zusammen nach Hause gehen wir trotzdem.

5 3. Stock Mitte

6 Der Mann sollte mindestens fünfunddreißig und Handwerker sein.

5

Lolo ruft an, weil er kein One-Night-Stand gewesen sein will. Aber da war doch gar nichts. Doch, wir seien uns sehr nahe gekommen, sagt er. Ich kann mich nicht mehr erinnern, sage ich. Und er: du wärst mir schon eine Affäre wert. Das ist ja lustig. Du hast die schönsten Beine, die je in meinem Bett waren. Um Gottes Willen! Warum lachst du denn so, fragt er.

Aus Mitleid mit jemandem schlafen

Der Mann sitzt einem als Kugel gegenüber und berichtet vom schlimmen Leid, das man ihm angetan hat. Das Phantom Exfrau, das ihn so ungerecht behandelt und seine Liebe ausgenutzt hat. Sex hatte sie mit einem anderen, mit dem besten Freund oder einem Kollegen, einem DJ, einem Exfreund, mit einer Frau oder mit irgendjemand anderem. Später, wenn der ganze Kummer geteilt, also halbiert ist, spricht man noch über Gott und die Welt. Und während all dieser Geschichten lässt man sich langsam aber sicher volllaufen und raucht unzählige Zigaretten, die man sich gegenseitig ansteckt. Ganz langsam löst sich der Mann aus seiner Kugelform, streckt zutraulich seine Beine aus und winkt mit den Füßen. Dann ist klar, er wird heute seinen Heimweg nicht mehr antreten wollen, sondern in Kürze fragen, ob er nicht über Nacht bleiben könne. In Ermangelung einer Gästematratze wird man ihm anbieten, mit einem gemeinsam im breiten Bett zu schlafen. Und auch das ist klar: spätestens im Liegen wird der Mann eine Lust verspüren, die verständnisvolle tolle Frau auch anzufassen.

Da sitzen wir also auf dem Boden oder auf dem Sofa, und ich bin damit beschäftigt, den Zeitpunkt des Angefasstwerdens noch hinauszuzögern, indem ich meinen Alkoholspiegel erhöhe, obwohl Besoffensein mir auch nichts nützen wird.

Der junge Mann redet wie ein Buch, trägt was aus einem mitgebrachten Buch vor, erläutert mir die kulturellen Unterschiede zwischen Afrikanern, Asiaten und Westeuropäern, erzählt einen ganzen Kinofilm nach, definiert sich selbst immer wieder neu und erklärt mir seine eigene Position in unserem intergalaktischen Sternenkoordinatensystem. Ich versuche, ihn durch Gedankenübertragung zum Schweigen zu bringen. Vergeblich. Allerdings empfange ich schon die telepathischen Signale von ihm wie: nachher fick ich dich, oder so ähnlich.

Mit einem Intellektuellen Sex zu haben ist kein Spaß, aber jeder Geschlechtsverkehr sucht sich seine Beteiligten. Ich trinke weiter, statt ins Bett zu gehen und sofort einzuschlafen, was mir ohnehin nicht gelingen würde, da schlafen an sich für mich eine sehr intime Angelegenheit ist. Folglich bin ich dabei lieber allein. Zu spät. Er entdeckt, dass bereits eines meiner auf ihn gerichteten Augen zugefallen ist und fragt, ob ich müde sei. Ich muss nicken.

Der Rest geht ganz schnell. Wir liegen im Bett, ich stelle mich schlafend und spüre seinen Atem im Nacken.

Willst du vögeln, frage ich ihn. Och, nicht unbedingt. Und du? Ich bin frigide und habe überhaupt keine Lust auf Sex. Und genau das war der entscheidende Fehler, denn sofort schlüpft er unter meine Decke und drückt sich an mich. Das könnte auch die Morgenlatte sein, es wird ja schon hell, denke ich und überlege, wie ich meinem Sohn den Begriff *Morgenlatte* erklären würde.

Während er mich von hinten penetriert, erzähle ich ihm, ich sei eine Niete im Bett. Dass ich immer geglaubt hätte, der beste Sex sei es, durch die Bewegungen des Mannes zum Orgasmus zu kommen. Aber wahrscheinlich müsse man sämtliche Muskeln, die ein Körper so bietet, einsetzen, um den hart erarbeiteten Orgasmus zwerchfellgestützt zum Fenster hinauszubrüllen und im Anschluss daran all das vergossene Sperma dieser Welt mit der Zunge auflecken wollen.

Er kommt. Und schon wieder kein Kondom[7] benutzt.

7 Aids, HIV, Hepatitis A, B und C++, Syphilis, Tripper. Egal. Herpes Genitalis. Jakob Creutzfeld.

6

Romans Geburtstagsessen. In Kreuzberg. Ein wenig habe ich Angst. Ich habe Angst vor Räucherstäbchen, vor bunten Tüchern an den Wänden und um die Lampen, davor, dass es Mate-Tee zu trinken gibt und dass gegen später die Didgeridoos ausgepackt werden. Vielleicht hätte ich zu Hause bleiben sollen. Aber nun stehe ich mit meinem Kind an der Hand schon vor dem Haus. Im Treppenhaus sagt das Kind, das Haus sei ganz verrostet. Als wir in die Wohnung reinlaufen, fragt es Roman, warum er eine so verrostete Wohnung habe. Wegen dem alten Haus, bekommt es zur Antwort und ist damit zufrieden. Als Geburtstagspräsent überreiche ich eine Flasche Wodka.
Die Geburtstagsrunde ist klein, aber nett. Es gibt sogar ein Fleischgericht. Das Kind hat gegessen, legt sich aufs Bett und schläft sofort ein. Kein einziger staubiger Baumwolllappen hängt überm Bett.
Ich begebe mich in die Nähe des Kühlschranks, weil dort im Eisfach der Wodka liegt. Dezent weise ich die umstehenden Gäste auf die Existenz der Flasche hin, und wir machen daraus eine kleine Küchenparty.
Alle anwesenden Personen außer mir sind entweder arbeitslos gemeldet, in einer vom Arbeitsamt geförderten Umschulung befindlich oder bereits hundertprozentige Sozialhilfeempfänger, weshalb wir, so lange der Vorrat reicht, auf den Staat trinken. Prost.
Roman lächelt. Er hat vom Wodka am meisten getrunken.
Stunden später verabschiede ich mich von meinen neuen Freunden und trete den Heimweg an. Das schlafende Kind wird geschultert, und durchs verrostete Treppenhaus schweben wir hinaus. Draußen bläst mir der Kreuzberger Wind ins Gesicht. Wo ist mein Taxi? Ich lasse mich auf einer Bank nieder. Das Kind schläft, ich auch, fast. Ein ineinander geschlungenes Pärchen wankt laut kichernd auf uns zu.

Er beißt ihr in den Hals und knurrt: Tanja, Tanja.
Super, dass du gekommen bist, sagt Tanja, ich bin schon total betrunken, lass uns sofort zu dir gehen.
Okay, gehen wir zu mir, sagt er, nimmt Tanja bei der Hand und will sie wegziehen. Sie bleibt aber stehen.
Ich erinnere mich gerade an diese Männer, die von ihren Frauen aus den Kneipen heraus abgeholt werden, sagt Tanja.
Aber Schatz, ich wollte dich doch nicht irgendwo herausholen, sagt der Mann.
Doch, du hast mich abgeholt.
Nein, hab ich nicht.
Doch.
Ich bin nur zufällig vorbeigekommen, du warst es doch, die sofort gehen wollte.
Tanja sagt: Du hast mich abgeholt.
Er sagt: Ist gar nicht wahr.
Du kommst rein und holst mich ab, schreit sie, rausgeholt und ab. Ich lasse mich nicht, wie diese Männer, die von ihren Frauen…
Ich habe dich nicht abgeholt, du blöde Tussi, geh doch wieder zurück auf die Scheißparty.
Die Tussi dreht sich um und geht wieder zurück auf die Scheißparty.
Ich bin jetzt nicht nur besoffen, sondern auch noch betroffen. Einsamkeit hat viele Gesichter, denke ich und sage: Ich kenne auch eine Tanja, aber die heißt ganz anders.

7

Steffen. Schöne Frau, wenn ich nicht bestehe, dann fliege ich raus, sagt er und überreicht mir ein Blümchen. Danke. Die Mathematik. Das schaffst du schon. Klar.
Meine Freundin mit der roten Brille, Steffen, das Kind und ich essen und trinken, und sobald das Kind im Bett ist, bietet Steffen sein neues Hollandgras an. Ein lustiger Abend. Meine Freundin Natalie aus Paris ist nicht so schlau wie ihr, sagt Steffen, aber sie ist eine Femme Fontaine. Ach? Du bist ja auch irgendwie sexy, sagt er zu meiner Freundin. Aber das Hollandgras tut ihr gar nicht gut. Sie lächelt und ist dabei so weiß wie die Wand. Willst du dich hinlegen? Nö, ist okay, sagt sie und legt sich auf mein Sofa, das mal weiß war. Ich bin der Bezirksbefruchter, sagt Steffen. Egal, ob blond ob schwarz ob braun, ich liebe alle Fraun. Und die Rothaarigen mit ihren schneeweißen Knackärschen.
Hat er das jetzt wegen dem Gesicht meiner Freundin gesagt?
Ihr rot-weißes Antlitz auf meinem Sofa, das mal weiß war. Tschüss, sagt Steffen. Er muss heute Nacht noch Lichtenberg, Hellersdorf und Marzahn befruchten.

8

Ich stehe am Tresen und habe gerade zwei Wodka getrunken. Mir ist schlecht. Ich vertrage keinen Wodka mehr.
Mir ist schlecht, und der Schwächezustand ist mir anzusehen, denn Roman, der die ganze Zeit schon neben mir steht, schlägt vor, mich nach Hause zu bringen.
Zuerst setzt er mich auf einen Stuhl. Dort muss ich mich übergeben, lasse aber den Mund zu. Dann bringt er meine Jacke. Er führt mich raus und setzt mich und sich in ein Taxi. Das Erbrochene habe ich runtergeschluckt, aber es kommt erneut hoch. Wieder lasse ich den Mund zu, aber schlucken geht nicht mehr. Mein Kopf fällt auf seine Schulter.
In diesem Moment verliebt er sich in mich.
Ich kotze, Roman verliebt sich.[8]
Das Taxi hält genau vor meiner Haustür. Ich nicke noch zu den Fragen, ob ich den Rest alleine und ob alles klar, und beeile mich. Die Wohnungstür hinter mir zugeschlagen, spucke ich aus. Endlich. Ins Waschbecken.
Ich kotze immer in Waschbecken oder daran vorbei. Ins Klo nie.

8 Parallelwelten

9

Roman ist plötzlich überall, wo ich auch bin. Sogar in meiner Wohnung, wo er für uns kocht. Das macht er gut. Ich bin beeindruckt. Roman erzählt meinem Sohn, dass er früher die Frauen mit seinem Ohrenwackeln beeindruckt hat und wackelt mit den Ohren. Mein Kind probiert auch, verzieht aber nur das Gesicht, wobei mir auffällt, dass ich ein sehr hübsches Kind habe. Und dafür kriegt es einen Kuss. Roman hat sich in mich verliebt. Man kann es sehen. Ich bin nicht verliebt, das kann man auch sehen. Aber irgendwann irgendwo nimmt er meine Hand, haucht in mein Ohr und riecht gut. NEIN, ich will nicht. Er wackelt mit den Ohren.
Aus uns wird kein Paar, sage ich. Und dann erfinde ich noch Sex mit meinem Ex. Roman bekommt einen Strichmund.

10

Wo ist Roman? Jetzt ist er fällig. Aber Roman ist nicht da. Wo ist Roman?
Allein stehe ich am Tresen und halte einen doppelten Wodka in der Hand, als Zeichen. Aber statt Roman stellt sich ein junger Mann neben mich und redet dummes Zeug in meine Richtung. Er ist unglaublich gut gelaunt.
Meine Freundin mit der roten Brille sagt immer, die Männer sollen gut aussehen und sich schön bewegen können, sprechen eher nicht, nur so wegen dem Geräusch. Ich dagegen lege großen Wert auf einen sprechenden Mann.
Wo ist Roman?
Da oben steht ein Süßer und prostet mir zu. Prost.
Was ich hier mache, fragt der Mann. Nach was sieht das hier aus, sage ich und trinke den Wodka auf ex.
Hahahihi. Was bist denn du für eine? Der Mann hat Humor. Was bist denn du für ein Langweiler, studierst du etwa Informatik?[9]
Hohohohaha! Ich erhalte hundert Punkte und er einen Kinnhaken. Nein, er wird nicht von mir geschlagen, ich bin ein friedliebender Mensch. Aber warum lassen sich Männer derart beleidigen? Weil sie es nicht bemerken.
Der junge Mann spricht ununterbrochen auf mich ein. Er versucht tatsächlich, dranzubleiben. Ja sind wir denn hier bei ran?[10], frag ich ihn, aber er lacht nur. Hahaha.
Wo ist mein zartes Wesen? Früher war ich so sanft, so weich, so zart. Ich bin für eine Gesellschaft nicht mehr geeignet.

9 Den Informatiker beeindruckt man am ehesten mit einem gewaltigen Furz.
10 Bleiben Sie dran!

Der Süße mit dem Bier kommt runter und zieht mich auf die Tanzfläche. So einfach ist das. Der Informatiker schaut zu.
Mein Tanzpartner ist ein Apotheker aus der Pfalz. Warum nicht? Er drückt mich an sich und will küssen. Bald liegt mein Kopf auf seiner Schulter, und ich bin zu allem bereit. Da kommt Roman. Wenn der mich jetzt sieht? Schnell verabschiede ich mich vom Apotheker aufs Klo und laufe Roman direkt in die Arme. Er lacht. Er weiß Bescheid. Aber vom Apotheker aus der Pfalz weiß er nichts. Wir tanzen. Partnerwechsel. Jetzt muss der Apotheker zuschauen.
Später an der Bar trinken wir Wodka, denn heute geht's gut. Prost, äh Nastrowje. Der Apotheker kommt rüber, um sich zu verabschieden und fragt, ob ich mitkäme. Du gehst jetzt nirgendwohin. Sagt Roman. Es gibt nur die eine Chance, sagt der Apotheker. Na, dann nicht, sage ich. Schon schiebe ich meine Hände unter Romans T-Shirt. Wir gehen jetzt zu dir.
Dann sind wir da. Das erste Mal. Der Morgen graut. Kahle Pappeln wiegen sich vorm Fenster, was ich ohne Brille gar nicht sehen kann.

11

Es klingelt. Steffen.[11] Er hat bald Prüfungen. Wenn ich wieder nicht bestehe, fliege ich raus. Die Mathematik ist das Problem, die Mathematik. Französisch kann er gut, nur mit der Sprache hapert's. Quatsch. Witz. Mit seiner französischen Femme Fontaine spricht er fließend französisch. Ist klar. Dann spielt er mit meinem Kind. Die beiden haben einen Riesenspaß. Sind ja fast gleich alt. Da back ich doch mal Eierkuchen. Drauf kommt Apfelmus. Ich kaufe immer die Gläser, auf denen Odenwald steht. Soviel Heimatverbundenheit[12] muss sein.

11 3. Stock Mitte

12 Meine Jugend verbrachte ich im Odenwald. Auf einem Mofa bin ich hindurchgefahren. Wir sind viel Mofa gefahren, haben viel Alkohol getrunken und viel rumgeknutscht. Wir versuchten beim Zuprosten den Fuß aus dem Weizenglas des anderen herauszubrechen, es ist uns nie gelungen. Kultureller Höhepunkt bildeten die drei Rollen Super-8-Pornos des Arztsohns. Meine Freundinnen begeisterten sich für Barclay James Harvest.

Das Jugendkapitel

Die Jugend tritt im Rudel auf und ist grundlos fröhlich. Die Jugendlichen tragen große Hosen, Skateboardbretter und Wollmützen oder enge Hosen, enge Shirts und hohe Schuhe oder geschlossene oder offene Sportschuhe oder keine Schuhe, bunte offene gebundene Haare oder Glatzen mit und ohne Hut.

Alle Jugendlichen tippen entweder auf ihr Handy ein oder lächeln es an. Manche Jugendliche versuchen, mit der Tatsache, dass sich das Gesäß unnötig aus dem Körper herauswölbt, irgendwie fertig zu werden. Dazu tragen sie hohe Schuhe oder keine hohen Schuhe, knallenge Hosen und/oder Röcke und meist kurze Oberteile, die sie sich gelegentlich auf die Hüften herunterziehen. So gehen sie zwischen ihren Gleichaltrigen umher und versuchen gleichzeitig, den zur Brust herangereiften Brustansatz hinter den eigenen oder fremden Ellenbogen zu verstecken. Ab und zu hört man sie *Aufhören!* schreien, weil sich ihre vom Testosteron geplagten jungen Freunde schon wieder blutig schlagen müssen.

Manche Jugendliche fahren mit dem Auto ihrer Mutter an einen Baum und sind auf der Stelle tot.

Andere hören Rammstein oder waren als Jugendliche in Rammstein und haben dort entweder ein Trauma, Brandwunden oder beides davongetragen.

Viele Jugendliche verbringen ihre Jugend damit, sich gegenseitig anzublöden, und wenn man sie nach ihren Hobbys fragt, antworten sie: äh, Einkaufen, Fernsehgucken, Musik hören und äh, Radio hören. Tja, liebe Jugend, und dass man vom Onanieren Pickel kriegt, wisst ihr auch.

Es ist nicht leicht, die Jugend erfolgreich zu absolvieren, obwohl eines dem Jugendlichen stets bewusst ist: alles ist möglich, weil man noch jung ist. Und Deutschland sucht den Superstar.

Ein Mangel an Hoffnung stellt sich erst später ein, etwa zehn Jahre nach der Jugend, wenn einem das Leben dann immer noch bevorsteht. Denn zehn Jahre nach der Jugend sollte man bereits im Leben stehen, in dessen Mitte quasi, sagt man. Ist dies nicht der Fall, dann hat man die große Aufgabe, am Leben zu bleiben, ohne Spaß daran zu haben. Leben als Aufgabe.
Oder man wird Künstler, dann ist wieder alles möglich und ein Zustand ewiger Jugend stellt sich ein. Schaut mich an.

12

Ich rufe bei Roman an. Mein Herz jagt mir das Blut durch die Adern. Du vögelst wie ein Gott, sage ich, das sollten wir öfter tun. Meinetwegen, sagt er.

Juchhu! Jetzt habe ich einen Liebhaber.

13

Ich nehme die Unterwäschenreklame, die in der Küche hängt, wieder ab. Das Kind hat sich täglich totgelacht über die Fotos, denn da wurden nicht nur Frontansichten eleganter Herrenslips gezeigt, sondern auch ein Herrenpopo mit Stringtanga. Männer mit String sind total unsexy. Dass das mal klar ist.

14

Es klingelt. Horst aus dem ersten Stock. Hallo, es ist zwanzig Uhr. Und könntest du mir zwanzig Euro leihen? Mensch Horst, zwanzig Uhr – zwanzig Euro, da bin ich aber froh, dass jetzt nicht hundert Uhr ist. Was haben wir gelacht. Ich gebe ihm das Geld. Er wird es wiederbringen. Ich bin sein Freund.
Horst kommt oft zu uns. Manchmal erzählt er auch seine Geschichte und zeigt Fotos. Auf einem Foto steht er als junger Mann in einem Garten und hat ein Kind auf dem Kopf sitzen, daneben steht eine junge Frau. Die ist sehr hübsch und trägt ein kurzes Kleid. Ein Foto aus den 70ern. Der junge Mann auf dem Foto ist Arzt. Er wird mit der hübschen Frau noch zwei Kinder zeugen. Er wird später Chefarzt werden. Er wird für sich und seine Familie eine Millionenvilla kaufen. Er wird mehr Geld ausgeben als er verdient und auf einem sehr hohen Niveau verarmen. Er wird das Trinken anfangen und seinen Job verlieren. Seine Frau wird ihn hassen, so wie auch er sie hassen wird. Er wird sich umbringen wollen, aber gerettet werden, viele Jahre in der Psychiatrie verbringen, ehe man ihn als geheilt entlässt, und er regelmäßig an seiner Tür sägt und an meiner klingelt.

15

Es klingelt. Roman. Mein liebster Gast. Seit ich einen Liebhaber habe, verbringe ich die Zeit am liebsten liegend und lasse mir Speisen und Getränke reichen. Dann wünsche ich mir seine Hände und Zungen genau dort, wo ich sie haben will. Weiß er denn, wo ich sie haben will? Ich schaue ihn an. Ja, er weiß es.
Oft kommt er und hat einen großen Rucksack hinten dran. Er stellt sich in meine Küche und kocht. Das Roman-Koch-Institut. Sogar das Kind isst begeistert.
Männer, die kochen, sind gute Liebhaber. Man erkennt es an der Art, wie sie Gemüse schneiden. Seit sich Roman um mein leibliches Wohl kümmert, leide ich an aufgequollenen, schmerzenden Genitalien und einem grenzenlosen Appetit. Sobald er mich berührt, nehme ich eine sackartige Gestalt an. Mein Skelett löst sich auf, mein Fleisch fließt davon, wo ist mein Gehirn. Ich will.
Ich will, dass das wieder aufhört. Ich will mein Gehirn wieder benutzen können. Meine Gedanken kreisen nur noch um die einzig mögliche Bewegung. Hilfe. Ist das Liebe?
Nein. Wenn Roman eines Tages das Wort Liebe benutzt, ist es aus. Dann mache ich Schluss. Aber bis dahin ist Sex mit ihm meine Lieblingsbeschäftigung.

16

Sogar das Arbeiten fällt mir leichter. Guten Morgen! Neun Köpfe heben sich, an manchem öffnet sich ein Mund. Hallo.
Ich werfe mich schwungvoll an meinen Schreibtisch, sehe aber noch schlechter als sonst. Kaum kann ich die Welt erkennen, trotz Brille. Als mein Chef reinkommt, finde ich Haare in seinem Gesicht, einen ganzen Vollbart sogar, und schaue ihn an. Er kommt auf mich zu und ist wie immer frisch rasiert. Ich dachte, du hättest einen Vollbart. Ach so. Viel mehr sprechen wir nicht miteinander. Jeder sitzt an seinem Schreibtisch und schaut auf einen Computermonitor. Nur freitags sprechen wir miteinander, weil da alle Mitarbeiter miteinander sprechen, weil man sich zusammen an einen Tisch setzt, um gemeinsam ein lustiges und witziges Spaßessen zu haben. Dann werde ich zur Primaklimatina, und alle sind sehr lustig und witzig. Auch der Chef macht tolle Witze, die sehr lustig sind, zum Beispiel sagt er, Gehaltserhöhungen lohnten sich nicht wirklich, weil man eh nicht viel mehr rauskriegt. Er selbst habe sich das Gehalt verfünffachen müssen, um das doppelte rauszubekommen. Da staunen die Mitarbeiter und kauen nickend weiter. Auch als er sich mal jesusmäßig verschluckt hat und eine Fontaine aus Wasser und gekauten Speisen über den ganzen Tisch spuckte, haben alle nach Aufforderung von Primaklimatina weitergegessen. Seitdem heißt der Chef nicht mehr Chef sondern La Fontaine.

17

La Fontaine hat mir soeben gekündigt. Konjunkturkrise, sagt er und lächelt. Bald werde ich arbeitslos sein.
Ich surfe durchs Internet zu www.arschloch.de oder nach www.fickdichdochselber.de, www.leckmichamarsch.de und anschließend zu www.trefferversenkt.de. Von da aus werde ich direkt zur Website einer Werbeagentur in Trier weitergeleitet.
Und sofort bewerbe ich mich bei der Werbeagentur in Trier. Die Werbeagentur in Trier bedankt sich, kann aber derzeit niemanden brauchen. Zum Glück, denn was will ich in Trier?
Immer lande ich auf Porno- oder Werberseiten. Warum gebe ich eigentlich nicht so friedvolle Dinge ein wie www.engel.de oder www.jesus.com? Manchmal schlage ich blind auf der Tastatur rum, und tatsächlich ergibt jeder dritte Versuch einen Treffer. Also Freunde ran an die Computer, noch gibt es freie Domains. www.asdfjklö.de oder www.wurstsepp.de, das sind doch eingängige Namen. Und so Personen wie ich landen garantiert auf dieser Seite.[13]

13 Es gibt 26^x verschiedene Möglichkeiten multipliziert mit den verschiedenen Endungen wie .de .com .net usw. (Eigentlich $(26 + \text{Anzahl der erlaubten Sonderzeichen})^x$ multipliziert mit den verschiedenen Endungen wie .de .com .net usw.)

18

Dann gehe ich shoppen. Mit der S-Bahn fahre ich Richtung Schönhauser-Allee-Arkaden und werde beim Fahren ohne Fahrschein erwischt. Das Geld muss weg. An Ort und Stelle wird gezahlt.
Früher hätte mir in solchen Situationen der Konsum noch geholfen. Ich hätte einen ganzen Tag verbraucht, um mich wieder glücklich zu kaufen. Aber heute beruhigt mich nur noch Diebstahl.[14] Rein zu H&M. Zwei T-Shirts, zwei Kinderhosen, Kinderunterwäsche, lange Kinderunterhosen. Mein Kind hat in allen langen Unterhosen Löcher drin. Ich nehme noch zwei Röcke mit. Zu Hause passen mir beide nicht, einer zu groß, einer zu klein, also ab damit in den Humana-Container. Bei H&M macht's keinen Spaß mehr. Ich sollte doch mal wieder ins KDW oder zu Karstadt am Hermannplatz, einen Hochsicherheitstrakt knacken.
Schon so oft hatte ich ein Ticket in der Tasche und bin nicht kontrolliert worden. Aber wenn ich ein Ticket in der Tasche habe, will ich auch kontrolliert werden. Ich habe ein Recht darauf, kontrolliert zu werden. Bitte Kontrolle. Jetzt.

14 Der Ladendieb geht selten einkaufen, er geht Konsumgüter holen. Er kauft eine Kleinigkeit, verlangt aber nach einer großen Tüte, weil er woanders auch noch was mitnehmen will. Er bekommt die Tüte, damit er auch woanders noch was mitnehmen kann.
Wer sich suchend umsieht, macht sich verdächtig. Also einpacken, ohne nach verdächtigen Detektiven zu suchen und den Rucksack noch füllen, weil man ihn dabei hat.
Wenn alle Taschen voll sind, verlässt man das Ladengeschäft, ohne beim Übertreten der Schwelle einen Alarm auszulösen. Der Ladendieb arbeitet nach dem Prinzip der Fehlervermeidung.

19

Roman trinkt einen Schnaps. Immer muss er trinken. Bald habe ich nichts mehr im Haus. Im Moment habe ich noch eine Flasche Wodka im Eisfach, eine Flasche Tullamore Dew, eine Flasche Mekong-Whisky, die ich mir 1989 als Souvenir aus Thailand mitgebracht habe, und eine Flasche Asbach Uralt von meinem 18. Geburtstag. Aber wenn Roman so weitersäuft, ist bald alles ausgetrunken. Ganz diskret hält er das Schnapsgläschen in seiner Hand. Wenn er noch lange mit dem Schnapsgläschen herumläuft, klingt seine Stimme ein wenig wattig, und er verliert seine Geistesgegenwart. Morgen früh wird er in meiner Küche sitzen und den Kaffee und die Morgenzigarette beobachten. Ich werde mich dazusetzen, um ihm in die roten Augen zu schauen, und wie jedes Mal werden mir seine großen flauschigen Ohren auffallen, die ihm seitlich vom Liebhabergesicht abstehen. Auch ich werde rote Augen haben, weil ich ihm die ganze Nacht beim Schnarchen zugehört habe.

Roman schaut mich an, er fasst mich an, doch eine richtige Liebesgeschichte will sich nicht einstellen. Was ist das, was wir machen? Sex. Okay. Eine Affäre? Eine Daueraffäre. Nichts weiter.

Plötzlich bekomme ich Haarausfall. Überall liegen Haare. Haare, die von meinem Kopf heruntergefallen sind und jetzt daliegen. Hunderte, Tausende von meinen Haaren liegen auf dem Fußboden, auf Kissen, auf Bettlaken[15], in Waschbecken, in Mülleimern, auf Balkonen, im Zimmer, auf dem Tisch, im Mund, in den Augen, über der Nase, auf Handtüchern, Handbüchern, Stühlen, auf Bäuchen, Oberschenkeln, Waden, Rücken, Fußrücken, Handrücken, unter dem Sofa, unter der Decke, unter der Vorhaut, unter der Erde, auf der Erde, zu Pferde, zu Wasser und in der Luft.

15 mein Bett ist schon ganz blond

Und wieder schwebt ein lautloses Haar herunter, weil es sich entschlossen hat, endlich einmal loszulassen, landet sanft auf meiner Schulter, kann sich dort nicht halten und klebt sich an meinen feuchten Rücken, der vom Schweiß gut vorbereitet allerhand an sich heftet. Noch viel mehr Haare, Fasern, Fusseln, Kippen, Staub und auch T-Shirts sowie Hände und Küsse, die für immer dort hängen bleiben müssen, weil so ein hingeklebter Kuss sich schlecht wieder entfernt. Ach, Roman, du verwöhnst mich so. Warum? frage ich. Ich weiß eben, was gut für dich ist. Du liebst mich, gib's zu. Ja, ich liebe dich. Woran merkst du, dass du mich liebst?[16] Das merkt man halt. Dann muss ich Schluss machen. Schade.

Ich nehme ein Haar aus meinem Bett und lege es auf seinen Rücken. Du hast da ein Damenhaar hängen. Von wem ist das? Betrügst du mich? Ich weiß, dass du mich nicht liebst, sagt Roman, das ist mir egal. Aber mir nicht, sage ich, ich liebe dich nicht, also muss ich mich trennen. Er verlange nicht mehr, als das, was ich ihm geben wolle, sagt er. Was soll ich dazu noch sagen? Roman ist warm und weich und schläft in meinem Bett.

16 Woran erkennt der Mann, ob er die Frau wirklich liebt?
Einfach ins Wasser werfen. Und wenn sie mit nassen Haaren immer noch gut aussieht, ist sie die richtige.

Rede über die Liebe

Was ist Liebe? Liebe ist. Liebe kommt und Liebe geht. Meine Damen und Herren.

Aber, wenn es einen mal so richtig erwischt hat, dann ist man schon bereit, sich das Brustbein aufzusägen, um den Brustkorb aufzuklappen, damit der andere auch keine Schwierigkeit hat, einem das Herz herauszunehmen. Da steht man sich gegenüber mit aufgeklappter Brust und hat sich schon verhakt. Aus zwei mach eins. Das Herz, das uns ein ganzes Leben lang unser Blut in unsere Organe pumpt, damit wir auch richtig lieben können. Und das können wir, meine Damen und Herren. Man gibt alles, was man hat. Und das ist viel. Ist immer da, wenn man gebraucht wird. Und das ist oft.

Aber Liebe vergeht am Zuviel und am Zuoft, wenn man beschlossen hat, sich nie wieder zu trennen.[17] Die Brust wird zugeklappt und in der Mitte verdrahtet. Wenn's juckt, dann heilt's. Der Brustkorb hebt und senkt sich, weil geatmet werden muss. Und das tut weh.

Oft baut man sich auf eine Liebe ein ganzes Leben und muss irgendwann eine Riesenbaustelle zurücklassen. Und eine zarte Verliebtheit kann wegen einer Kleinigkeit wieder verschwinden. Wegen eines einzigen dummen Spruchs. Weg. Für immer oder nur für kurz. Aber das weiß man in diesen Momenten eben nicht. Was kann man denn überhaupt wissen?[18]

17 Alte Liebe rostet nicht. Sie geht einfach so weg. Tschüss, am Gleis 3 bitte zurücktreten.

18 Es gibt Momente des Glücks, Momente der Gleichgültigkeit und Momente der Verzweiflung. Und die wechseln sich ständig ab. (Winona Ryder)

20

Roman schläft hier in meinem Bett. Er schnarcht. Er sägt. Er zersägt einen ganzen Wald und meine Nerven. Ich muss mich wieder beruhigen, denn Flucht aus dem eigenen Bett geht nicht. Ich bleibe hier. Ich bleibe liegen. Ich bleibe wach. Wo soll ich mich auch hinstellen, wenn ich aufstehe mitten in der Nacht? Ich liege. Für immer werde ich liegen bleiben und wund liegen, bluten und eitern, und nie wieder aufstehen, weil ich ja irgendwann mal schlafen muss.
Um sechs Uhr hat mein Kind Hunger. Das hatte ich tatsächlich vergessen. Ich habe mein Kind vergessen. Da habe ich einen Liebhaber und vergesse mein Kind. Das darf nicht sein.
Roman steht auf, wie immer, trinkt Kaffee und raucht und schweigt. Das wieder erinnerte Kind wird weggebracht. Mit der U-Bahn Nr. 5. Schon viele Menschen habe ich die Treppen hinabeilen sehen.[19] Niemals stürzt einer, aber hin und wieder kommt es vor, dass die U-Bahn ohne den Herangeeilten losfährt. Die U-Bahn, die in eine Haltestelle rein- und wieder rausfährt, um das Bild auf dem Bahnsteig zu verändern. Die Menschen und Hunde, die gerade noch herumstanden, sind verschwunden. Stattdessen laufen ganz andere nach zwei Seiten davon, und wieder andere stellen sich auf dem Bahnsteig neu auf. So geht das den ganzen Tag. Das ganze Jahr. Die einzige Konstante ist das Geräusch der Bach-Fuge, die unsichtbar in einem oberen Stockwerk der U-Bahn-Station von einem Russen aus St. Petersburg auf dem Akkordeon interpretiert wird. Für uns.
Als ich wieder zurück bin, sage ich: Ich muss mich trennen. Wir sind doch gar nicht zusammen, sagt Roman. Da hat er auch wieder Recht.

19 Männer rennen mit verdrehtem Unterkörper die Treppen hinab, damit die großen Füße schräg manchmal fast parallel zu den Stufen auftreffen können,

21

Es ist sehr früh am Morgen. Lautes Gebrüll und Geklopfe. Horst.[20] Horst tobt vor meiner Tür und brüllt: Ich bring dich um! Komm raus, ich bring dich um! Gemeint bin aber nicht ich, sondern mein Nachbar.[21] Was ist denn hier los? Schwungvoll trete ich im Nachthemd vor die Tür. Mit einem Strick hat Horst den Türgriff meines Nachbarn mit dem Treppengeländer verbunden, so dass der die Tür nicht mehr öffnen kann. Gleichzeitig wirft er sich dagegen und brüllt: Komm raus, ich bring dich um! Komm raus, ich bring dich um!

Sag mal spinnst du? sage ich zu Horst.

Grüß dich, sagt Horst und wirft sich wieder mit Gebrüll gegen die Tür.

Was soll denn das?

Dieses Arschloch hat heute Nacht die Bullen gerufen! Komm raus, ich bring dich um!

Du bringst jetzt niemanden um, sage ich und fange an, zu schimpfen.[22]

Horst sitzt auf den Stufen vor meiner Wohnungstür und weint. Nirgends kann ich bleiben, sagt Horst, diese Gesellschaft will mich nicht mehr haben. Dann springt er auf, um mich zu umarmen. Was mir fehlt ist eine Frau! Bleib mir bloß weg, sage ich, wickle das Seil ab und schicke ihn damit hinab in seine Wohnung.

Mein Nachbar in Schlafanzug und Filzpantoffeln kommt raus und bedankt sich für die Rettung. Seine beiden Töchter, kleine blonde Mädchen in kleinen Nachthemden, schauen auf mein Nachthemd,

wegen der Sicherheit. Frauen dagegen rennen senkrecht die Treppen hinunter, denn Damenfüße passen auch der Länge nach auf die vorbeirasenden Stufen.

20 1. Stock links

21 2. Stock Mitte

22 Bin ich Horsts Mutter?

denn dort sagt ein Teddybär *Good morning*. Roman hat noch nie was dazu gesagt, das Nachthemd muss ihm doch aufgefallen sein. Nachher werde ich es in den Humanacontainer werfen und durch dunkelrote Seide ersetzen.[23]

Ich habe die Polizei gar nicht gerufen heute nacht, sagt der Nachbar, das war ich gar nicht, aber beim Herrn Doktor war's sehr laut, gehört haben wir das auch, und vom Balkon gepullert haben die. Aber ich habe die Polizei nicht gerufen, heute Nacht nicht.

Vom Balkon gepullert, das hat mein Kind auch schon gemacht. Mit seinem Freund ist er auf den Balkon gestürmt, hat *Pimmelattacke!* gebrüllt und hinuntergepinkelt.

Gerade eben habe ich die Polizei gerufen, sagt der Nachbar aus seinem Schlafanzug heraus. Na, dann kommen die ja gleich. Ich verschwinde in meiner Wohnung.

Auf dem Weg nach draußen treffen wir im Treppenhaus die Folkloregruppe, den Nachbarn im Schlafanzug und Horst, der vor dem Nachbarn kniet und immer wieder auf dessen Filzpantoffel zeigt: Puschen! Schaut euch das an, Puschen! Solche Puschen! Man kann doch nicht mit solchen Puschen! Er lacht und lacht, und mein Kind lacht mit, ich nicht. Dann sagt Horst, er habe letzte Nacht Besuch von seinen türkischen Freunden gehabt, die ihm ein opulentes Mahl bereiteten, weil er so gerne Döner esse. Ein guter Witz, aber außer Horst lacht keiner.

Haben Sie gehört, dass der Herr Doktor eine Morddrohung ausgesprochen hat?

Ja, habe ich, sage ich.

Horst schlägt seine Tür hinter sich zu. Der Polizist setzt einen Fußabdruck auf das helle Sperrholzbrett. Wir dürfen gehen. Ich nehme das Kind wieder an die Hand, das mich fragt, warum unser Nachbar einen Schlafanzug anhat. Vielleicht hat er vergessen, sich anzuziehen. Es lacht.

23 oder so

22

Ich klopfe an Horsts Tür, bis er aufmacht. Er fährt sich immer wieder mit der Hand übers schweißnasse Gesicht. Was mir fehlt ist eine Frau, sagt er, und die Prolls sind an allem schuld.
Welche Prolls denn?
Die Trinker vom Traveplatz, sagt Horst. Die kommen immer hierher, die sind an allem schuld.
Dann such dir doch einen anderen Umgang, sage ich.
Du hast Recht, du hast so Recht, sagt er.[24]

24 Ich bin Horsts Mutter.

23

Roman kocht. Später liegen wir nackig aufeinander.
Ich bin aber gerade nicht in Stimmung, sage ich, vielleicht sollten wir das mit dem Sex heute lassen. Du fühlst dich aber so gut an, sagt er. Ich liebe es, so auf dir zu liegen. Ich fühle deinen Bauch auf meinem Bauch, deine Brüste auf meiner Brust, ich fühle deinen Rücken auf meinen Händen, deine Beine, deine Füße, deine Hände auf meinem Rücken, deinen Oberschenkel zwischen meinen Beinen, meine Eier zwischen deinen Beinen, zieh das Bein etwas an, ja, genau so.
Das alles kannst du gleichzeitig wahrnehmen? Ja, alles. Du bist ja ein Genie! Ich dagegen bin total verkopft, sage ich, ich bin ein einziger riesiger körperförmiger Kopf. Ich glaube, ich kann sogar mit dem Handgelenk denken. Roman nimmt meine Hand und küsst das Handgelenk, bis es ganz nass ist. Dann will ich plötzlich doch.

24

Roman ist fast immer bei uns. Selbst mein Sohn hat sich schon daran gewöhnt. Jeden Tag fragt er: Ist Roman noch da? Wenn er ihn länger als zwei Tage nicht antrifft, fragt er: Wann kommt denn das Arschloch mal wieder nach Hause?
Wo er das schon wieder her hat. Das Kind braucht eine Erziehung. Als alleinerziehende Mutter muss man immer erziehen. Den ganzen Tag. Überall. Oft bin ich ganz erschöpft vom vielen Erziehen. Es ist kein Vater da, dem man das Kind an die Hand geben kann mit: hier, dein Kind. Mach du doch mal. Du kannst doch auch mal. Wann hast du denn das letzte Mal. Wer macht denn hier immer? Nur eine Minute, ich wünsch mir nur eine Minute. Eine einzige Minute! Ruhe. Mama hier, Mama da, Mama, Mama, Mama. Mama! Immer ich! Immer nur ich. Ich ich.[25]
Es klingelt. Steffen steht draußen und kommt sofort rein. Hallo, ich werd Papa. Was? Ich werd Papa. Natalie? Ja. Die Femme Fontaine? Die Frau ist ein Vulkan. Natalie ist also schwanger, trotz Ejakulation. Ungerührt rührt Roman in der Küche.
Ich bin einundzwanzig und werde Papa.[26]
Mein Kind benutzt mich als Punchingball. Hör auf.[27]
Steffen wird Papa.[28] Und das muss er jetzt seinen Eltern erzählen. Das werden die schon verkraften. Ich weiß nicht, sagt Steffen und reißt seine geschlitzten Augen für einen Moment auf. Mein Kind hat aufgehört, auf mir rumzuklopfen und demontiert nun das Bad, in dem es

25 Ich!
26 Steffen ist einundzwanzig und wird Papa.
27 bitte
28 und ist einundzwanzig.

seinen Hausschuh immer wieder auf das Regal wirft, bis alles herausgefallen ist.
Kinder brauchen Aufmerksamkeit. Steffen auch. Roman auch. Der trägt ein Gläschen, gefüllt mit einer braunen Flüssigkeit vorbei. Ich werd Papa. Ich werd Papa. Man kann schon ein Kind[29] haben, sage ich und deute auf mein Kind, das sich im Moment nicht von der Stelle rührt, denn es isst Schokolade. Wo hast du denn Schokolade her? Von Roman. Aha.
Roman trägt wieder ein Schnapsglas an uns vorbei.
Das muss der Asbach sein. Denn der Rest ist alle. Diskret hat Roman alle Spirituosenflaschen geleert und im Altglas entsorgt. Sogar mein Souvenir, die Mekongflasche aus Thailand.
Steffen lässt sich einen einschenken. Ich auch. Wir stoßen an auf das Kind.
Roman stört sich daran, dass meine Nachbarn bei mir klingeln. Das spürt sogar der Nachbar und verabschiedet sich mit *Ich werd Papa* nach einem zweiten Gläschen Asbach.
Ich verstehe die Welt nicht, deshalb arbeite ich direkt vor meiner Tür, erkläre ich Roman.

29 Vor ein paar Jahren bin auch ich Mutter geworden, als ich nach neuneinhalb Monaten beschlossen hatte, die Schwangerschaft aufzugeben. Diese Schwangerschaft wurde nur möglich, weil man mir ein Baby auf den Arm gegeben hatte, dessen große Augen in meinem Körper eine gewaltige Hormonausschüttung bewirkt haben müssen. Bis zu dem Tag war ich offiziell unfruchtbar gewesen. Aber nach diesem Vorfall war ich schwanger. Achtung, bei Babys besteht Ansteckungsgefahr! Ich war schwanger und wurde davon sehr dick. Eine Geburt ist eine Höllenqual, und am Ende liegt ein Baby zwischen den eigenen zwei Beinen. Da musste man mir erst mal meine Brille reichen. Ein Junge. Heute spricht mein Kind viel, fast ununterbrochen. Zum Beispiel sagt es: gib mir Schokolade, sonst bist du tot. Oder: mach mir den Schuh zu, sonst bist du tot. Oder: mach mit mir ein Wettrennen, sonst bist du tot. Manchmal hüpfe ich Hand in Hand mit meinem Kind durch die Straßen, weil es mich dazu gezwungen hat mit: Mama auch. Du auch Mama.

Doch das versteht er nicht.
In einer Stadt wie Berlin wohnen viele Menschen, drüber, drunter, rechts, links, gegenüber. Und ich bin eine Anlaufstelle. Es geht nicht ums Verstehen, sondern um Schadensbegrenzung. Steffen ist einundzwanzig und wird Papa. Was gibt's denn da zu verstehen? Schon meine eigene Jugend habe ich nicht verstanden. In meiner Jugend stand ich immer nur daneben. Sogar direkt daneben. Ab und zu habe ich mal einen Witz gemacht, denn ich war bekannt dafür, dass ich ab und zu mal einen Witz mache. Meistens habe ich mein Haar geschüttelt.[30] Ich habe gescherzt und kopiert. Ich war eine Kopie. Die anderen waren alle irgendwie, nur ich nicht. Doch, du warst auch irgendwie, sagt Roman. Nein, ich nicht. Doch, dein Humor. Sag ich ja. Roman versteht mich nicht.

30 Der Haarschüttler fällt auf durch Haargeschüttel.

25

Entpaarung. Sofort. Ab nach Mitte. Auf eine Gruppe von Bekannten stoßen und lange trinken. Irgendwann löst sich die Gruppe auf und nur zwei bleiben übrig. Die Sache ist längst klar, doch bevor wir den letzten Gang antreten, nämlich den zu seiner Wohnung, wird für ein weiteres Getränk noch mal die Lokalität gewechselt. Man schaut sich in die Augen oder dran vorbei. Prost. Dann geht's los. Die Fahrräder werden geschoben. Wir kichern durch die Nacht.
Der junge Mann reicht mir ein allerletztes Getränk und zieht mir schon die Schuhe aus. Jetzt geht's richtig los.
Der Körper ist fremd, aber schön. Es fällt kein einziger Kuss. Wir berühren uns nur da, wo's notwendig ist. Ja nicht aufhören.
Jetzt. Geschafft. Aha. Langsam. Stopp. Fertig. Feucht am Rücken vom vielen Schweiß, und weiter unten? Alles nass am Steiß. Da muss noch viel gewischt werden.
Nach so viel Sexarbeit stellt sich eine allgemeine Beruhigung ein, aber man könnte auch sofort frigide werden, weil man sich doch nur verarscht fühlt. Verarscht von den eigenen Hormonen.
Da kommt sie wieder die Sehnsucht nach einer Ordnung, für die man alles ändern müsste, damit sich's ändert und mal wieder was Großes kommt. Damit man wieder was fühlt, so was wie ein Gefühl, das man hat und davon fröhlich oder traurig wird. Egal. Man tut, als habe man ein Leben und steht deshalb am Morgen auf. Oder bleibt liegen.
Aber ich bin doch zu alt, um bei Tageslicht Sex zu haben, wo mir die Sonne tief in die Poren meiner Haut hineinscheint. Der Liebhaber erschrickt, wenn mir die Haut herabhängt wie Lefzen aus dem Gesicht. Zu spät. Ich beginne zu lächeln, um zu halten, was zu halten ist.
Kellner! Bitte löschen Sie das Licht! Danke!
Vielleicht hat er's gar nicht bemerkt. Gnädig hält er die Augen ge-

schlossen. Ich dreh mich mal lieber um. Ein harter Stoß von hinten treibt mir die Tränen in die Augen. Schon wieder erschrickt der Liebhaber, weil das hat er nicht haben wollen, dass eines weint beim Vögeln. Eines wie ich. Ich dreh mich wieder, diesmal auf den Rücken, damit er mein feuchtes, aber von der Schwerkraft gebügeltes Gesicht sehen kann. Plötzlich fällt's mir wieder ein. Nicht der Körper an sich macht sexy, sondern nur wie man sich darin bewegt. Sofort fange ich wieder an, meinen Körper rhythmisch zu bewegen. Der Mann hat nichts dagegen und vögelt mit der Gewissheit, dass er mich zum Höhepunkt bringt, egal wie lang es dauern soll. Er hat Recht. Ich erbarme mich. Er verbringt sein Sperma in mich. Gut Ding will. Und dann beginnt er auch schon mit seinem Schnarchen, um mich einzuschläfern. Der Mann hat sein Tagwerk schon vollbracht. Also dann. Gute Nacht.

26

Neben mir hält ein großer weißer Lieferwagen. Aus dem Lieferwagen heraus singen irgendwelche Jungs von irgendeiner Boygroup irgendeinen Boygroupsong. Sofort mache ich einige große Gesten zum Takte der Musik, um die aussteigenden Fahrer zu begrüßen. Mein Tanz wird aber nicht beachtet, die Fahrer laden lieber einen großen weißen Kühlschrank aus. Ich stelle mir vor, dass da hinten auf der Lieferwagenladefläche keine Kühlschränke stehen, sondern die Original-Boygroup, die da gerade singt, und will sofort meinen Beruf wechseln. Den ganzen Tag würde ich meine Boygroup in meinem Lieferwagen herumfahren, während sie hinten singen und tanzen. Wenn ich mich zu ihnen umdrehe, reißen die Jungs in Brusthöhe ihr T-Shirt auf. Ja, das würde mir gefallen.
Vor der Haustür steht Horst. Er lehnt an der Wand und ist ganz schwarz im Gesicht. Einen Fahrradkorb voller Bierdosen hat er gerade fallen lassen, die Dosen rollen davon. Ich stelle mich vor ihm auf und winke ein bisschen. Hallo Horst, was ist los? Mit mir ist gar nix mehr los, gar nix. Ich lese die Dosen auf, trage sie ins erste Stockwerk, schließe mit seinem Schlüssel seine Tür auf, in der er verschwindet.
Auf meinem Sofa, das mal weiß war, sehne ich mich nach Roman. Die Entpaarung hat nicht geklappt.

27

Roman merkt nichts.
Die Drei-Tage-Frist, sagt meine Freundin immer, man muss mindestens drei Tage zwischen zwei Männer legen, sonst merkt er was. Das riecht man doch.
Roman hat schon wieder Asbach getrunken. Wenn ich trinke, werde ich laut und lustig. Roman dagegen trinkt sich aus seiner Umgebung heraus. Aus allen Gesprächen und Witzen trinkt er sich heraus und kann nur noch ganz langsam schauen. Wenn Roman trinkt, fährt seine Gehirnleistung so weit herunter, dass wir eigentlich keine gemeinsame Basis mehr haben. Mit mir muss man schon sprechen können. Knutschen statt sprechen geht auch nicht.
Wenn die Asbachflasche leer ist, werde ich nichts mehr nachkaufen. Mal sehen, ob er das merkt.
Und dann das Trinkerschnarchen. Dreh dich mal auf die Seite. Aber betrunkene Trinker schnarchen auch in der Seitenlage, während mein Herz rast, weil ich immer wieder aufgeschnarcht werde. Der Morgen. Eine Erlösung.
Roman, die Zigarette und der Kaffee. Durch die zentrale Lage meiner Toilette werden die Geräusche von Romans Trinkerdurchfall in alle Zimmer übertragen. Ich beschließe, auch zu furzen. Ich furze in die Küche, in den Flur, ins Wohnzimmer, ins Schlafzimmer und ins Kinderzimmer. Drei Zimmer, Küche, Bad. Das Kind lacht. Krönender Abschluss dieser Furztournee wird mein Balkon. Horst steht auch auf seinem Balkon, grüßt herauf. Oben geht ein Fenster auf. Hallo, sagt Steffen, ich werd Papa, und was machst du so? Och nix. Ich büffele gerade Mathematik, eine Scheiße, sagt Steffen, morgen ist Mathe. Ich liebe die Mathematik, ruft Horst herauf.
Eigentlich ist Steffen ja ein ganz Süßer, vielleicht sollte ich sein An-

gebot doch mal wahrnehmen.
Wollt ihr auf einen Kaffee zu mir kommen, lade ich meine Nachbarn ein, und sie sind einverstanden. Roman nicht. Aber als Steffen sein nagelneues Hollandgras anbietet, ist er versöhnt. Das Hollandgras bitzelt mir die Stirn weg, und ich überlasse das Sprechen den anderen. Die wiederholen sich ständig. Ich-werd-Papa-Mathe-ist-Scheiße-ich-werd-Papa, sagt Steffen. Horst sagt Formeln auf, und Roman hat sich in einer das-Gras-knallt-ganz-schön-aber-ich-rauche-lieber-selbstangebautes-Biogras-Schleife verfangen. Dann steht Roman auf und will gehen. Und genau das schafft er auch. Kerzengerade geht er aus dem Zimmer, kommt mit Jacke und Rucksack wieder rein, gibt mir einen Kuss auf die taube Stirn und geht. Wie macht er das bloß? Wir andern müssen sitzen bleiben.
Das fröhliche Kind kommt hereingehopst und will fernsehschauen. Klar, darfst du gucken. Zipp zopp zapp schaltet es sich durch die Programme und bleibt an einem Manga hängen. Wir alle starren auf den Bildschrim äh Schirm.
Ein blonder Supersaiyajin muss die Erde retten. Gogogo. Guoooo. Das wird euch nichts nützen!! Hier hast du eine magische Bohne. Hahaha. Wie schön, dass wir Piccolos Rakete benützen dürfen. Uuuuh... Sssst. Hahahaha. Uuuuh. Bammm. FFFFFF. Wapp. Ich bin also ein Monster. Gyyyy. Bzzzz. Gyon. Doooom. Gogogogo Hahahaha Haaa Haaaa Hyooon Guoooo Uoooh!!! Bzzzz Zuumm Gyuuun Gogogo Bammm Doom Gyuaan Gogogo Guooo Doooom Zyyng Wapp. Son-Gohan!! Brroch Wumm Zudoom Gagang Dokang Fffff Was ist denn das für eine Scheiße? Das ist keine Scheiße, sagt das Kind, das ist Dragonball Z.
Domm Krach Zugong Naayz Sssst Son-Gohan!! Kracks. Mist! Uaah Krach Geh!! Wapp. Aber Vater! Kang Zumm Guooo Doom Gack Zyuun Horst sagt, früher habe es Kindersendungen gegeben, bei denen die Kinder noch was lernen konnten. Zum Beispiel Mathematik, sagt Steffen. Oder „das war Spanisch“, sage ich.

Alles loopt, der Fernseher, Steffen, Horst. Das Kind nagt an den Fingernägeln. Du sollst nicht kauen, sage ich und kaue selber an den Fingern. Ach du Schreck, fünf Ruinen an jeder Hand. Das Gehirn fährt langsam wieder hoch. Endlich. Die Nachbarn haben sich auch erholt. Horst hustet sich nach unten in seine Wohnung. Steffen wird Papa, zeigt meinem Kind ein Tischfußballspiel, das mit Münzen auf dem Boden gespielt wird, 10:8, und geht auch.
Mama, man braucht neun Münzen. Zwei Tore mit Torwart und drei Münzen zum Schießen. Immer durch die Mitte und nicht zurück. Wir liegen auf dem Boden und schieben die Münzen durch die Wohnung. Das Kind gewinnt immer.

28

Es klingelt. Steffen. Er sieht blass aus. Die Prüfung, ich hab's nicht geschafft, sagt er. Bist du sicher? Ja, ich bin sicher, aber ich kann ja auch was anderes studieren, zum Beispiel Lehramt in Frankreich und dort Papa werden. Ja, das kannst du. Du bist ja noch jung, sage ich zu Steffen, weil ich schon alt bin.
Ich bin rausgeflogen. Ich werd Papa. Und das muss er jetzt seinen Eltern sagen. Steffen nimmt Valium zur Beruhigung. Valium, verschrieben von Horst. Steffen deutet die Größe von Natalies Bauch an. Und die freut sich, sagt er, die freut sich so.
Und du? fragt er das Kind, das mit neun Münzen in der Hand dasteht. Mein Kind freut sich auch. Es klimpert mit den Münzen. Aber Steffen bleibt einfach auf dem Sofa sitzen. Dann sieht es ein, dass das heute nichts mehr wird mit dem Münzfußball und zieht lärmend in sein Zimmer.

29

Steffen. Er war bei seinen Eltern gewesen und hat alles gebeichtet. Sein Vater saß auf seinem Ohrensessel und hat geschwiegen. Die Mutter hat ebenfalls geschwiegen, ist aber dann leise weinend aufgestanden, um zu putzen.
Sofort entwerfen wir ein Commercial für Putzmittel. Steffen als Hauptdarsteller. Die Eltern müssen noch gecastet werden. Ich mache die Kamera und Regie.[31] Ja, das machen wir.

31 IM WOHNZIMMER, INNEN/NACHT.

Der Student sitzt allein auf einer riesigen braunen Ledercouch.
Hinter ihm lodert das Kaminfeuer. Ihm gegenüber sitzen zwei ältere Personen, eine Frau und ein Mann. Offensichtlich seine Eltern. Die Mutter räuspert sich, der Vater raucht Pfeife.

Frontaler Schuss auf den Studenten, der ganz weit hinten auf der Couch sitzt.

Student: Ich, ich hab die Prüfungen nicht bestanden.

Gegenschuss. Wir sehen den rauchenden Vater und die sich räuspernde Mutter, halbnah. Schnitt.
Student in Großaufnahme.

Student: Und ich werde Papa. Jahaa!

Der Student lächelt.

Gegenschuss.

Der Vater raucht. Die Mutter räuspert sich, steht auf und geht raus.
Die Kamera folgt ihr. Während sie leise weint, beobachten wir ihre fachmännischen Putzarbeiten. Ab und zu tropft eine Träne herab und wird sofort mit weggewischt.

Schnitt. Pack-Shot mit Jingle und Slogan.

Dann spielt er mit meinem Kind. Sie kicken im Flur. Tor! 15:7. Das Kind will Fußballer werden. Steffen und das Kind führen ein Fachgespräch über Oliver Kahn. Roman weiß nichts von Oliver Kahn. Mein Kind ist entsetzt und startet einen Oliver-Kaahan-Sprechchor. Steffen und ich machen auch mit. Gemeinsam ziehen wir durch den langen Flur und singen olé olé olé olé. Aber Roman weigert sich. Er will sich für Fußball nicht begeistern.

Gleich klingelt die WG[32] von unten und droht. Die Damen von der Damen-WG klingeln nämlich regelmäßig bei mir, um sich wegen des Lärms zu beschweren.[33] Eigentlich immer, wenn Kinder bei uns zu Besuch sind, denn Kinderbeine reichen bis zum Fußboden und bewegen sich dort.

32 1. Stock rechts

33 Meine Nachbarin: es ist viel zu laut, geh jetzt sofort mit den Kindern auf den Spielplatz. Ich lasse mir das nicht mehr länger bieten. Ich hatte eine anstrengende Arbeitswoche und will jetzt schlafen.
Ich: Aha.
Sie: Ich schreibe einen Brief an die Hausverwaltung! Ich hole die Polizei!
Okay, sage ich, einen Moment bitte, hole das Telefon und wähle Polizeiruf 110. Hallo Herr Polizist? Meine Nachbarin beklagt sich über Kinderlärm. Können Sie bitte sofort kommen, die Kinder abholen und in ein Heim stecken?
Oder: Geh doch heim und hör 105,5 - denn die bringen die ganz großen Hits!
Oder: Fahr doch mit dem ICE und benutze das Wort Bordrestaurant.
Oder: Ich habe großes Verständnis dafür, dass diese Kinder für dein Empfinden zu laut sind. Aber niemand hat das Recht an einem Nachmittag eine absolute Ruhe einzufordern. Auch du nicht. Denk mal drüber nach.
Wie nachdenken, ich denke immer nur das, was mir gerade einfällt, sagt die Nachbarin. Ach stimmt, das hatte ich ganz vergessen, meine Nachbarin ist ja Friseuse.

30

Steffen. Mitten in der Nacht. Er sieht schlecht aus. Du bist so sexy, sagt er zur Begrüßung. Mensch Steffen, was ist denn mit dir los? Dann sitzt er auch schon in meinem Flur und weint. Ich werd Papa, ich werd Papa.[34] Ja und? Steffen erzählt von der schönsten Frau aus Friedrichshain, die nur für ihn getanzt habe. Nur für mich. Und? Ich werd Papa.

Seit der Befruchtung Natalies ist sein Testosteronspiegel noch weiter gestiegen.

Hast du unter deinem Nachthemd eigentlich was drunter? Geht dich doch nichts an. Du bist so sexy.

Oh Gott, das Teddybärnachthemd. Er bekommt von mir einen Tee und wird nach oben geschickt. Ich wärme mich an Roman. Der ist längst wieder eingeschlafen.

34 Steffen ist einundzwanzig und wird Papa.

31

Mein Schlafzimmer nenne ich nur noch Rumpelkammer, denn seit Roman da ist, beschweren sich die WG-Nachbarinnen[35] von unten noch öfter.
Mein Bett *Vollholz Naturmöbel* steht nur sehr locker mit seinen lockeren Holzbeinen auf meinem Holzfußboden. Es wackelt nicht nur, es knackt auch und rutscht gelegentlich auf dem glatten Untergrund herum. Ein geräuschloses Schlafen ist schon nicht möglich, denn bei jeder Drehung ächzt mein Bett, ein geräuschloser Sex ist erst recht nicht drin. Deshalb heißt Sex ab sofort Rumpeln.
Was glaubst du, wie lange es gehen wird mit uns? frage ich Roman. Ich weiß nicht, sagt er, vielleicht ein Jahr? So lange, das glaube ich nicht. Roman streichelt die Heizung und hat einen Strichmund.
Wir mögen nicht die gleichen Bücher, nicht die gleiche Musik und nicht die gleichen Filme. Aber wir haben beide kein Händi.[36]
Weder er noch ich kruschteln in unseren Taschen nach läutenden oder vibrierenden Taschentelefonen, um draufzustarren, drauf rumzutippen, abzuhören, reinzusprechen. Hallo? Wir haben keine Probleme mit Akkus oder Sendemasten[37] oder abgelaufenen Guthaben. Roman, ich und zwei Händis, die wir nicht haben. Können die uns verbinden?

35 1. Stock rechts

36 Früher hat man begeistert Ortsangaben ins Händi hineingesprochen. Du, äh, ich bin gerade im Café Soundso, da an der Ecke, du weißt schon, dort wo wir neulich schon, als Udo auch. Ich kenne überhaupt keinen Udo. Was? Nur Udo Lindenberg. Und Udo Jürgens?
Heute werden mit klitzekleinen oder ganz und gar unsichtbaren Telefonen überall private Gespräche abgewickelt. Händitelefonierer haben jeden Bezug zur Peinlichkeit verloren. Die Welt im Hier und Jetzt. Sich mit einem Händibesitzer zu verabreden geht nicht, weil der vorher noch mal telefonieren muss. Ich will wieder Termine haben und zwar schon vier Tage im Voraus.

32

Horst. Er ist gerade dabei, seinen Schlüssel mit dem Hammer ins Schloss zu klopfen. Ich bin MacGyver. Jemand manipuliert mein Türschloss. Und ich werde bald von einem Blumentopf erschlagen.[38]
Aber Horst ist betrunken und hört mich nicht.
Horst hat den Abstieg erfolgreich bewältigt. Lassen Sie mich durch, ich bin Arzt, darf er nicht mehr sagen, er macht jetzt anderweitig auf sich aufmerksam. Und all das endet immer genau gleich, nämlich mit einem Polizeieinsatz. Die Folkloregruppe ist wieder da. Seiner Meinung nach zu Unrecht. Was mir fehlt ist eine Frau, sagt Horst, und wenn du zwanzig Jahre älter wärst, würde ich dich gnadenlos anbaggern. Und ich bin froh, dass ich nicht zwanzig Jahre älter bin.
Horst, der junge Arzt auf dem Foto. Die Millionenvilla mit der Millionärsausstattung und der einfältigen Millionärsgattin, wie er immer betont, haben ihn irgendwann angewidert. Oder war es die Millionenvillengesellschaft? Die Millionenvillennachbarn, die ihr Millionenvillenleben nicht mehr ertragen, das Saufen anfangen und ihre Frauen vergewaltigen, weil die sich den ehelichen Pflichten schon lange nicht mehr freiwillig hingeben, sich aber stets den Anschein der Harmonie, des Gebildeten, des Menschlichen, bei Ärzten sogar des Übermenschlichen geben. Der Arzt gibt vor, das Heilen sei eine Berufung, in Wirk-

37 Hallo? Hallo! Hallo? Scheiße.
38 Schon am Morgen ging ich geduckt zum Arbeiten und geduckt gehe ich wieder zurück. Dabei gehe ich extra aufrecht mit zurückgelegten Schultern, um durch eine äußere Haltung zu einer inneren zu gelangen. Das habe ich früher schon probiert, aber mein gerecktes Haupt suchte nur die Hausdächer nach geeigneten Absprungstellen ab. Heute scheint's mir besser zu gehen, denn ich finde nur mögliche Absturzstellen für Blumentöpfe und -kästen und bin plötzlich fest davon überzeugt, bald von einem Blumentopf erschlagen zu werden.

lichkeit ist es ein einträgliches Geschäft. Sagt Horst. Irgendwann war er in den Keller seiner Villa umgezogen. Dort vertrank er die Zeit, schlief nackt und aufgedunsen in einem Saunastuhl und wollte sein Leben beenden.
Viele Menschen wünschen sich eine Millionenvilla. Aber die wenigsten von uns können sich eine Millionenvilla leisten und bauen sich stattdessen dank Bausparvertrag und lebenslangem Kredit Einfamilienhäuser hin. Wenn ich jemals eine Liebe zur Natur hätte aufbauen können, so würde mir das Herz bluten beim Anblick der vielen kleinen Einfamilienhäuser, die jetzt da stehen, wo früher Landschaften waren. Zum Beispiel Odenwald. Gelegentlich hängt sich auch dort einer auf, oder die Einfamilien formieren sich neu. Der Nachbar schläft jetzt bei der Nachbarin oder umgekehrt.

Liebe zur Natur

Neulich habe ich mal wieder die Natur besucht, als ich kurzentschlossen in sie hineingelaufen bin. Es war ein Wald.
Hey hey hey I save the world today. Umgeben von unzähligen Ameisen, Blaumeisen und Kohlmeisen sammele ich bei einem kleinen Ausflug ins Unterholz circa zweiundfünfzig Blattläuse mit meiner Schulter auf. Sachte klopfe ich sie von meinem Hemd und schicke sie wieder nach Hause. Da kommt ein Hund vorbei und beschnuppert meine Genitalien, während der Hundebesitzer lacht und dann pfeift. Statt dem Hund sofort aufs Maul zu schlagen, blicke ich ihm hinterher und dem Hundebesitzer genau in die Augen.
Eine junge Familie, die am vorbeispazieren ist, zeigt ihrem Neugeborenen den Hund (Wauwau). Aber das Neugeborene kann die Welt noch nicht erkennen und rülpst die letzte Muttermilchmahlzeit in den Wald hinein.
Immer bin ich so gerührt von diesen zarten Jungfamilien, die alle Personen mit einem bloßen Lächeln dazu auffordern, den Anblick des Babys mit ihnen zu teilen. Nur kurz.
Ich bin erstarrt und stehe im Wald.
Aber muss da nicht eine Leine gespannt sein? Zwischen Hund und Hundebesitzer gehört eine Leine, die am Hals des Hundes spannt, so dass aus einem zarten Hecheln auch mal ein ordentliches Röcheln werden kann. Im Wald.
Man darf vor Hunden keine Angst haben, das riechen die. Was riechen die? Es ist die Angst vor der Natur, die eines wie ich hat, das eigentlich den Asphalt liebt und im Beton wohnt. Dabei hatte ich mich gerade gebückt, um eine kleine weiße Waldblume abzupflücken für meine Blumensammlung im Großen Länderlexikon in Farbe.

Wütend schlage ich meine Augen nieder und bleibe noch ein bisschen stehen, um auszurasten. Dann geht die Blume in meiner Hand mit mir nach Hause.
Lass Sonne auf mein Haupt, denn im Wald hat's große Schatten, denke ich. Und es ist gut, wenn man ab und zu einen Gedanken hat. Am liebsten bin ich bei Sonnenschein in meiner Wohnung, weil die dann so hell ist. Und ich brauche Licht.

33

Ich muss zum Arbeitsamt.

34

Das Kind hat Geburtstag. Es wird sechs Jahre alt. Und am Kindergeburtstag wird ein Kindergeburtstag durchgeführt. Diesmal ist es eine Schatzsuche. Ein Riesenspektakel. Sogar der Papa ist angereist. Zwanzig Kinder werden in den Wald gefahren und verpflegt. Der Kindsvater und Roman haben sich noch nie gesehen, sie schütteln sich die Hand im Wald. Dann schicke ich die Kinder mit Schaufeln und Schatzkarte los. Schon rennen sie davon, aber in die falsche Richtung. Ich hinterher. Da auf der Schatzkarte, schaut doch mal genau hin. Aber da stehen doch auch zwei Birken, schimpft mein Kind. [39] Stimmt, aber guckt mal ganz genau hin, sage ich und deute in die richtige Richtung. Die Karte ist ja total scheiße, brüllt das Kind und fällt weinend in den Wald hinein. Sogar der Papa kann ihm nicht mehr helfen. Dann wird halt ohne das Geburtstagskind weitergesucht. Die Kindergruppe stapft durchs Unterholz. Die kleinen Mädchen mit den nackigen Beinchen wollen lieber getragen werden. Also tragen Roman, der Papa und ich kleine Mädchen durch den Wald. Am eingezeichneten Schatzfundort setzt die Begeisterung wieder ein. Bei meinem Kind auch, es schnappt sich eine Schaufel und gräbt und gräbt, aber der Schatz ist viel zu tief vergraben, weshalb es die Schaufel in den Wald wirft. Die anderen graben weiter. Der Schatz wird gehoben und die Kinder stürzen sich drauf. Nur die vorderen können in den Schatz hineinsehen, während ihnen die anderen von hinten auf die Füße treten. Durch Romans beherztes Eingreifen kann Schlimmstes noch verhindert werden. Alle Schätze werden wieder zurückgelegt und anschließend verlost. Die Kinder erholen sich schnell. Bis auf das Geburtstagskind. Das hat sich in einiger Entfernung in den

39 Ein Schimpfpimpf

Wald gesetzt. Dann werden Dosen aufgestellt fürs Dosenwerfen, ein Topf wird ausgepackt fürs Topfschlagen, Eier werden auf Löffel gelegt fürs Eierlaufen. Sogar das Geburtstagskind ist wieder zurückgekehrt, spielt aber für den Rest des Geburtstags nur noch mit seinem Papa und zwar Fußball.

35

Ich muss zum Arbeitsamt.
Ich ziehe eine Nummer und warte. Drei Stunden lese ich in einem Roman. Der Gong, der in regelmäßigen Abständen die durchnummerierten Arbeitslosen aufruft, begleitet mich, wodurch ich in eine große geistige Umnachtung geraten sein muss, denn als ich endlich aufgerufen werde, kann ich nicht mehr sprechen. Plötzlich sitze ich im Sachbearbeiterinnenbüro. *Guten Morgen* habe ich gerade gesagt. Um vierzehn Uhr dreißig. Ich werde nach meinem Beruf gefragt und kann keine klare Auskunft geben, obwohl ich intensiv darüber nachdenke. Auf diese Frage hätte ich vorbereitet sein können. Zuletzt habe ich als festangestellte Büroblondine[40] gearbeitet. Eingestellt hatte man mich mit meinem frischstudierten Mediendiplom als Innovationsassistentin, um neue Konzepte für den neuen multimedialen Markt zu entwickeln, denn solche neuen Jobs werden durch Subventionen gefördert. Aber anstatt neue innovative Konzepte zu entwickeln, saß ich am neuen Empfang, nahm die neuen Telefonhörer ab und sortierte die Post. Eigentlich sollte mir ein Empfangssekretärinnen-Make-up ins Gesicht wachsen, aber stattdessen wucherte mir vom Kinn an aufwärts ein riesiger Herpes simplex hinein. Nach Ablauf der Subvention wurde mir gekündigt. Eine Neue mit einer neuen Subvention wurde neu eingestellt.
Die Sachbearbeiterin vom Arbeitsamt schaut mir in die Arbeitslosenaugen und füllt den Antrag alleine aus.

40 Die Büroblondinen. Es gibt sie in blond, in rot, in braun und schwarz, sie schnallen sich gerne mal Gehbehinderungen in Form von Schuhen an die Füße, reißen ab und zu die Händchen hoch, um Huch zu sagen, stehen manchmal souverän im Eck rum und haben Lippenstift auf den Zähnen.

Für ein halbes Jahr hat man mir Arbeitslosengeld bewilligt.

Das wird gefeiert.

Am nächsten Morgen liegt ein Fuß in meinem Bett. Es ist Romans Fuß, der unten aus ihm rausguckt. Während ich den Fuß so betrachte, fällt mir auf, dass ich Romans Fuß überhaupt noch nie angeschaut habe. Alles dran. Und was mir noch so auffällt ist, dass Roman mich überhaupt nicht stört.

36

Mein letzter Arbeitstag. Es gibt Prosecco. Sofort bin ich betrunken. Die Neue sitzt an meinem Platz. Sie lächelt. So wie La Fontaine, die andern und ich. Ich verlasse das Büro, das Haus, den Hinterhof, im Arm einen bunten Blumenstrauß. Mein letzter Heimweg. Ein unseriöser Laden. Hier wird schnelles Geld gemacht. Und schnelles Geld ist schnell wieder weg.

Zu Hause setze ich mich vor den Blumenstrauß. Wenn echte Blumen aussehen wie Kunstblumen. Und draußen brüllt einer seinen Hund[41] an. Das muss ein großer Hund sein, denn nur große Hunde werden von ihren Besitzern angebrüllt. Ich habe noch nie jemanden gesehen, der seinen kleinen Hund anschreit. Große Hunde sind mir sympathischer als kleine Hunde, was ich daran erkennen kann, dass ein großer Hund nahezu unbeachtet an mir vorbeistreunen kann, während mir bei einem kleinen Hund zum Beispiel folgender Gedanke durch den Kopf schießt: So ein niedriger, fetter, weißer Hund mit seinem kleinen braunen Arschloch. Ein kleiner Hund mit seinem Herrchen oder Frauchen zusammengebunden ergibt ein seltsames Paar, das womöglich nur noch zum Gassigehen sein schlecht gelüftetes, komplett durchfurniertes Wohnzimmer verlässt und den Passanten, zum Beispiel mir, die Schuld dafür gibt. Egal. Die Fernsehbetäubung schützt uns vor so manchem Amoklauf.

Draußen hat jemand seinen Hund angebrüllt. Der Hund schaut dem Herrchen auf den brüllenden Mund, hat den Ton abgestellt und denkt sich, dass man ohne Ton die Besonderheiten eines asymmetrischen Gesichtes sehr gut erkennen kann. Oder der Hund ist eine Hunde-

41 Wo der Odenwälder früher noch Platz! gerufen hat, schreit der gemeine Friedrichshainer heute: Arsch runter!

dame und hat sich gerade ohne Erlaubnis von einem Hundeherren besteigen lassen. Mit zartem Winseln legt die Dame einen Verlegenheitsschiss auf dem Gehweg ab.
Ein hingeschissener Hundehaufen kostet eigentlich fünfundzwanzig Euro. Über den Daumen gepeilt liegen von meiner Wohnung bis zur U-Bahn-Station Hundehaufen in Höhe von 4.225 Euro. Wem sagt man da Bescheid? Der Hundestaffel?
Kleinhund und Großhund, Kampfhund und autonomer Hund, Ossihund und Wessihund, Scheißhund und Scheißhund. Aber in Wirklichkeit werden auch kleine Hunde angebrüllt.
Jetzt bin ich gerade mal einen halben Tag lang arbeitslos und von der Untätigkeit schon ganz benommen.

37

Das Kind braucht Urlaub mit seiner Mutter, deshalb fliegen wir morgen nach Spanien[42], sage ich zu Roman, während das Kind um uns rumhüpft. Für wie lange? Eine Woche. Wir werden zelten. Jippie!
Das Kind begibt sich sofort in sein Zimmer, um zu packen. Roman kocht, ich schau ihm zu.
Das Kind kommt mit seinem Wunschgepäck an, Bücher, Puzzles, CDs und Bälle. Das geht nicht, wir können das nicht alles mitnehmen. Blödmann, Scheißarschmama. Das Kind wird ohne Essen ins Bett geschickt.
Roman und ich rumpeln. Und während wir so rumpeln, sage ich irgendwann: SCHT! SCHT! zu meinem Bett, denn ich habe Humor. Doch Roman fühlt sich angesprochen und schimpft, ob ich denn jetzt wegen meiner Nachbarn nicht einmal mehr vögeln könne. Ich erstarre. Meine Hormone halten eine Versammlung ab, verabschieden sich und wandern gemeinsam durchs Treppenhaus hinab in den Keller. Noch lange höre ich sie singen. Sie singen Lieder von Liebe und Freiheit. Ich muss weinen. In meinem ganzen Leben wolle ich nie mehr wieder Sex haben, sage ich. Roman ist darüber sehr erschrocken und versucht, mich mit innigen Umarmungen zu trösten.
Viele Wege führen zum Orgasmus.
Viele Wege führen aber auch nicht zum Orgasmus.
Ich verblühe. Ich verblühe. Ach was, du bist wunderschön. Ich liebe deine Beine, ich liebe deine Brüste. Aha, jetzt nur noch in Einzelteilen. Lass mich.
Mein Kind und ich steigen ins Flugzeug nach Spanien. Es ist sehr heiß in Spanien. Mitten in Spanien mitten unter Spaniern schlagen wir un-

42 Was will ich in Spanien, wenn ich kein Wort Spanisch spreche?

ser kleines blaues Zelt auf, um darin zu liegen oder davor zu sitzen, und rühren im Alutopf Dosennahrung mit Sand zusammen.[43] Unsere Zeltnachbarn, spanische Dauercamperfamilien, halten sich fast den ganzen Tag in ihrer Wohnwagen-Zelt-Gruft auf, wo sie sich vor der Sonne schützen. Wir schützen uns mit dem Sunblocker von Aldi für drei achtundneunzig. Die Spanier beschäftigen sich hauptsächlich mit Nahrungszubereitung und Fernsehen. Die spanischen Fernsehsender senden spanische Fernsehsendungen auf Spanisch. Den Tag verbringen wir am Strand. Wir bauen Burgen, gehen baden, mit einer Luftmatratze Wellen reiten und essen Eis. Trotzdem findet das Kind seine Mutter blöd. Gut, dann gibt's halt kein Eis. Etwa um zwölf Uhr treffen auch die spanischen Dauercamperfamilien am Strand ein. Die Spanierin trägt einen weißen Plastikstuhl und eine große Tasche. Der Spanier trägt einen weißen Plastikstuhl, einen Sonnenschirm, eine Schaufel und eine große Tasche. Die Kinder tragen Schwimmbrillen, Schwimmbretter, Bälle und Holzschläger. Der Spanier annektiert ein Stück Strand, in dem er mit der Schaufel ein großes Loch gräbt und darin den Sonnenschirm festklopft. Darunter legt die Spanierin ein Handtuch und die Spielsachen für die Kinder aus, die sich sofort in Richtung Wasser wegbewegen und von ihren Eltern letzte spanische Parolen zugerufen bekommen. Der Spanier setzt sich mit seinem Stuhl in den Schatten und liest die Zeitung. Dann platziert die Spanierin ihren weißen Plastikstuhl, dessen Sitzfläche sehr weit unten ausgeklappt wird. Sie streckt die Arme waagerecht nach vorne, geht langsam in die Hocke, lässt sich im richtigen Moment fallen und sitzt. Verpasst sie diesen Moment, kann es sein, dass der Stuhl knackt und die Lehne bricht. Wenn ein Kind darüber lacht, wird es geschlagen. Die Kinder werden überhaupt oft geschlagen, vorzugsweise auf den Hintern, gelegentlich auf den Mund. Gegen vierzehn Uhr verlassen die spanischen Familien den Strand. Dann gibt es dort keine schrei-

43 Hygiene ist reine Gefühlssache.

enden Kinder, keine Sonnenschirme und keine weißen Plastikstühle mehr, nur die kaputten. Wenn wir am späten Nachmittag zum Zeltplatz zurückkehren, sitzen die spanischen Familien wieder unter ihren Zeltvorbauten, die Fernseher laufen, und es wird gegessen. Bis in die Nacht hinein essen sie und schauen fern, trinken und lachen, während wir schon lange in unserem Zelt liegen und schlafen. Die vielen spanischen Fernseher schläfern uns ein. Nacht für Nacht. Nur einmal schrecke ich auf, denn aus dem Spanischgeräusch schält sich plötzlich etwas Konkretes heraus. Ein Fernseher zählt. Der Fernseher zählt immer wieder: un dos tres cuatro cinco seis siete ocho nueve diez once doce. Dann johlt und applaudiert er. Ich lerne also doch noch ein bisschen spanisch, sozusagen im Schlaf. Überhaupt eignen wir uns in dieser Woche einiges der spanischen Kultur an. Schon am dritten Tag kaufe ich einen Sonnenschirm und eine Schaufel. Am fünften Tag hat mich mein Kind endlich dazu überredet, auch zwei Holzschläger und einen Ball zu kaufen. Wir spielen Beachball. Das Kind sagt *Bitchball.* Oft überlege ich, das Kind ebenfalls zu schlagen, wenn es *Arschloch* oder *fuck you* oder *Wichser* oder *Leck dich doch am Arsch* oder *du bist ein fuck-your-mother* sagt. Aber stattdessen korrigiere ich es. Das heißt: *leck mich am Arsch* oder *leck mich doch am Arsch,* und *Wichser* sagt man eigentlich nur zu Männern, zu Frauen musst du *Fotze* oder *du alte Fotze* sagen. Auch erkläre ich ihm, dass er zu mir allenfalls *fuck you mother* sagen sollte, statt *fuck your mother.* Hier müssen Fehler zeitig unterbunden werden. Eine Freundin von mir hat sich mal arg blamiert, als sie einem Amerikaner, der ihr ein *Fuck you* hinterhergebrüllt hatte, ein *Fuck me* zurückbrüllte. *Fuck you* musst du sagen, immer *fuck you,* sage ich zu meinem Kind in Spanien. Als wir nach einer Woche wieder nach Hause fliegen, freue ich mich sehr. Keine staubigen Hände und Füße mehr, endlich wieder auf Stühlen sitzen und endlich wieder im Bett schlafen. Aber kaum liege ich zu Hause im Bett, empfinde ich das als völlig normal. Es ist, als sei ich gar nicht weg gewesen. Da bin ich schon enttäuscht.

38

Ich bin arbeitslos. Wir verbringen die Tage im Prinzenbad. Das schlecht gelaunte Kind und ich. Was ist bloß mit dem Kind los? Kommt es mit sechs Jahren schon in die Pubertät? Täglich suche ich es nach Schamhaaren ab, finde aber nichts. Langsam werde ich unruhig. Mein Kind kann seine Mutter nicht mehr leiden. Ich kann mein Kind nicht mehr leiden. Und wenn ich mich im Prinzenbad so umsehe, entdecke ich ein großes Potential an Gehässigkeit, sogar Menschenverachtung in mir. Überall diese sportiven Typen mit ihrem Hang zum Kampfsport. Ich hasse alle Sportarten, die barfuß ausgetragen werden. Inklusive Schwimmen. Lieber beuge ich mich im Schatten über ein Buch, während das Kind ununterbrochen mault.
Kinder brauchen Harmonie! Egal ob in der Groß-, Klein-, Rumpf- oder Stumpffamilie. Wir rennen ins Wasser, aber im Wasser werde ich nasser, als mir lieb ist. Der Hass steht mir ins Gesicht geschrieben. Auch das Eis kann nichts mehr retten.

39

Jetzt muss der Papa das wieder richten. Das ausdrucksstarke Kind wird zum Papa geschickt. Mit dem Flieger.

Sechs Wochen kindfrei. Mein Urlaub beginnt.

40

Es klingelt. Drei Uhr nachmittags. Splitternackt öffne ich die Tür. Es ist Steffen. Er sieht schlecht aus. Aber jetzt habe ich keine Zeit. Das sieht er ein, hat aber seine Schlüssel verloren. Also gut, komm rein, sage ich.[44] Frauen sind wie Ebbe und Flut, sagt Steffen. Ja, natürlich. Er setzt sich neben mein Sofa auf den Boden und hospitalisiert. Beim Sprechen bildet sein Speichel Fäden und Blasen.
Roman hat einen Strichmund, packt seine Sachen und geht. Tschüss.
Ich werd Papa. Sagt Steffen. Ich gehe nach Paris zu Natalie. Ich ziehe aus.
Am Wochenende schon kommt seine Mutter mit dem Möbelwagen. Jetzt sollte er seine Wohnung streichen, denn morgen kommt die Hausverwaltung. Von mir bekommt er Tee und was zu essen, und plötzlich ist der Schlüssel wieder da. Gemeinsam begutachten wir den Zustand seiner Wohnung, geht doch voran. Du bist so toll. Das schaffst du. Ich schaff das alles nicht, und Natalie freut sich über den dicken Bauch. Ich werd Papa. Ja, du wirst Papa.
Die Sonne scheint in meine Wohnung. Ich rufe Roman an. Er macht mir Vorwürfe. Ach lass mich doch in Ruhe. Ab jetzt werde ich ganze sechs Wochen meine Wohnung nicht mehr verlassen, sage ich.
Ein Heer von Sonnenblumen schaut von meinem Balkon aus hinab nach Friedrichshain. Das ist schön. Mein Daumen ist grün.

44 ziehe mir aber vorher was an.

41

Roman und ich sind verabredet. In seiner neuen Wohnung. Prenzlauer Berg. Er will umziehen. Hinterhaus, 4. OG, saniert, kleiner Balkon. Er ist glücklich.
Eigentlich mag ich seine schäbige Kreuzberger Wohnung, denn im Sommer wirkt die Stadt, die außen um Romans Wohnung herumliegt, wie die Toskana. Wie ist es denn in der Toskana? Entspannt womöglich, wie in den Kreuzberger Kneipen mit den Kreuzberger Kneipenwirten. Gewachsene Strukturen. Ich war noch nie in der Toskana, denn was will ich in Italien, wenn ich kein Wort Italienisch spreche. Roman zieht von der Toskana auf den Prenzlauer Berg. Vom Westen in den Osten, denn im Osten wird statistisch gesehen mehr Alkohol getrunken als im Westen. Roman muss umziehen.
Hilfst du mir beim Umzug? Klar helfe ich dir.
Im Café trinken wir Bier. Das Nachmittagsbier in der Sonne erschöpft mich. Ich zeige auf eine Hummel, die auf dem Gehsteig herumkrabbelt. Kann die nicht mehr fliegen oder was? Sie fliegt nicht, sondern krabbelt und krabbelt bis jemand drauftritt, dann knackt die Hummel, und wir schauen wieder auf. Hallo. Ich fahre jetzt nach Hause.

42

Zu Hause treffe ich Horst, er ist betrunken. Ebenso wie die Frau, Uschi[45], die er mir als seine Freundin vorstellt.
Horst hat eine Freundin. Uschi.

45 Sag mal, wie heißt du eigentlich? Wenn du von meiner Muschi den ersten Buchstaben weglässt, dann hast du's. Otze ist aber ein komischer Name. (alter Volkswitz)

43

Den Tag in der Wohnung verbracht, die Nacht in der Stadt. Bier.
Der junge Maler, der Freund meiner Freundin, habe auch heute wieder ein Meisterwerk geschaffen. Sieben Gegenstände habe er gemalt. Zwei Bretter, eine Glasplatte, zwei Tesa-Krepp-Klebebänder, zwei Schnüre, ein Gebiss, eine Kerze, einen Glitzi-Putzschwamm, den habe er aber wieder weggemalt, und vier Zigarettenstummel. Diese sieben Gegenstände sind aber vierzehn Gegenstände.
Ich habe heute mindestens vierzehn Dinge nicht gemacht. Dafür habe ich lange geschlafen. Was war noch? Ich hatte Sex, dreimal. Ich war müde. Es war heiß. Immer ist es so heiß im Sommer, und hell scheint die Sonne in meine Wohnung, so dass mir mein Leben im Sommer sehr freundlich erscheint. Natürlich bin auch ich zum Meisterwerk entschlossen, immer. Aber stattdessen liege ich rum oder habe Sex oder beides.
Der junge Maler ist voller Kraft. Meine Kraft reicht nur zum nächsten Asia-Laden, um den Kühlschrank aufzufüllen.
Soll ich dir mal sagen, was mein ganz persönliches Meisterwerk ist? Schon wieder nicht schwanger. Glückwunsch, sagt der Maler zu Roman, du wirst schon wieder nicht Vater. Ja, wir sind ein eingespieltes Team.

44

Jetzt verlassen wir meine Wohnung gar nicht mehr. Die Blumen, sage ich immer, die brauchen dreimal am Tag Wasser, und gehe dreimal am Tag auf dem Balkon spazieren.

45

Mitten in der Nacht werden wir geweckt. Eine Säge. Horst. Nein. Ein Feuerwehrmann sägt. Laute Musik tönt aus Horsts Wohnung. Gerade als der Feuerwehrmann die Musik ausmacht, kommt Horst nach Hause. Mit Gebrüll wirft er die Polizisten und Feuerwehrmänner hinaus. Die Nachbarin[46] wird angeschrien, er könne ihr hässliches Gesicht nicht mehr ertragen.
Das Treppenhaus stinkt nach Benzin, den ganzen nächsten Tag noch. Mensch Horst. Steffen ist ausgezogen, bald wirst du auch ausziehen müssen. Tja, zwischen mir und meiner jungen Nachbarin kommt keine Freundschaft auf, sagt er durch das frische Loch in seiner Tür. Freundlicherweise hat der Feuerwehrmann nur das Sperrholzbrett herausgesägt. Meine Nachbarin, diese hässliche Gans, eine Riesensauerei ist das, sagt Horst und zeigt auf die zersägte Tür. Ja, eine Riesensauerei, sage ich und deute auf die Sägespäne im Treppenhaus.

46 1. Stock Mitte

46

Roman stellt mich seinen Freunden mit *das ist meine Süße* vor. Später mache ich ihm das zum Vorwurf.[47] Ab sofort wird er mich als seine Liebhaberin vorstellen, verspricht er. Ich lerne eine berühmte Schriftstellerin kennen. Sie sagt den ganzen Abend keinen einzigen intelligenten Satz. Vielleicht ist es Absicht.
An solchen Tagen sollte ich zu Hause bleiben und mit Roman Karten spielen. Ich kenne da einen verblüffenden Trick. Aber Roman will weder mit mir nach Hause noch meinen Kartentrick bestaunen. Er trinkt und schaut mich an mit seinen trüben Augen. Trübe Augen, über die sich in regelmäßigen Abständen Augenlider ziehen. Die Lider klappen langsam zu und wieder auf. Die einzige Bewegung, die sein Gesicht noch macht, außer dem Öffnen und Schließen des Mundes, um Bier oder Wodka hineinzuschütten. Gesprochen wird nichts mehr, muss doch jeder selber. Das ist sein Bier.
Zum Nachtbusfahrer sage ich: Einen Fahrschein bitte, worauf er laut mit *Guten Morgen* kontert. Die BVG hat eine Freundlichkeitsschulung durchgeführt. Guten Morgen, einen Fahrschein bitte, korrigiere ich mich, was mir den ganzen Tag versaut. Ich bin ein Rechtmacher, ein Chamäleon, ein Depp, und mein Liebhaber ist ein Säufer.

47 Da kommen sie, unsere Süßen, mit ihren leckeren Muschis.

47

Den Tag verbringe ich auf meinem Sofa, das mal weiß war, und gehe am Abend mit meiner Freundin raus in die Stadt. Nach einigen Taxifahrten von Kreuzberg nach Prenzlauer Berg nach Kreuzberg nach Mitte und jeder Menge Alkohol befinden wir uns in einem Hinterhofclub. In der Mitte des Raumes tanzt eine Frau im weißen Spitzentop mit einem jungen Mann. Sie vollführen dabei eindeutige Bewegungen, soweit das im volltrunkenen Zustand möglich ist. Der junge Mann hat seine Freunde mitgebracht, die ihm zujubeln, als er andeutet, die Frau von hinten zu nehmen und mit dem rechten Arm ein Lasso schwingt. Die junge Frau öffnet ihre Jeans und aus dem Spitzentop wird ein Ganzkörper-Spitzenbody, darunter trägt sie einen String-Tanga (weiß). Er umfasst ihre Hüften und drückt sie an sich. Sie fasst nach hinten und macht sich an seinem Gürtel zu schaffen. Wir sind alle sehr gespannt, doch die Männergruppe stört durch lautes Gelächter. Der junge Mann kommt zu sich und packt sein Lasso wieder ein. Aus die Maus. Wir müssen eingreifen, sagt meine Freundin. Mit geöffneten Lippen dreht sich die Frau um und sucht. Da ist er, er wankt. Der junge Mann wirft sich auf den Männerberg, der sich vor ihm auf dem Fußboden gebildet hat. Sie schwankt auf den Berg zu und will fallen, fällt aber nicht, dreht ab und stellt sich rauchend an den Tresen. Wir sind enttäuscht. Meine Freundin mit der roten Brille fragt, ob wir sie unauffällig ins Nebenzimmer schleifen sollten, um dort die Sache zu Ende zu bringen. Das tun wir nicht, sondern kaufen das nächste Getränk. Und weil es neben uns zu einer Schlägerei unter Frauen kommt, gehen wir raus. Die Luft ist frisch, der Hunger groß. Am Imbiss bestellen wir uns einen gegrillten Lammspieß, den der Türke widerwillig zubereitet. Ich sage: Weil wir Frauen sind. Meine Freundin sagt: Weil wir laut und betrunken sind. Der Türke sagt irgendwas auf Türkisch.

48

Steffen ruft an. Er ist in Paris und jobbt am Flughafen. Hey, hier gibt es so viele schöne Frauen, du kannst es dir nicht vorstellen, ich bin nur noch am Vögeln. Doch, das kann ich mir vorstellen. Und gestern, sagt er, habe ich hier einen kennen gelernt, der kann dir einen Job vermitteln. Na, dann mach mal. Und wann vögeln wir? Mach das mit dem Job klar, dann vögeln wir. Okay.

49

Im Treppenhaus steht Horst und tritt mit voller Kraft gegen das neu angebrachte Sperrholzbrett. Das Sperrholzbrett gibt aber nicht nach. Deutsche Wertarbeit, sage ich zu Horst. Er sagt, die Uschi liegt im Koma, die hört mich nicht. Ach? Die Uschi trinkt Becksbier, immer nur Becksbier. Wenn ich Durst habe, dann trinke ich alles, sagt Horst, okay, kein Haarwasser, kein Spiritus, aber sonst alles. Und die Uschi trinkt immer nur Becksbier, immer nur Becksbier. Und jetzt liegt sie im Koma. Ich behaupte, in der vergangenen Nacht auch ins Koma gefallen zu sein und wünsche mir sofort mein Kind herbei, wegen der Struktur des Alltags. Das Pendeln zwischen Wohnung, Kindergarten, Wohnung und Aldi.

50

Es ist der letzte kindfreie Abend, das nutzen wir aus und rumpeln was das Zeug hält.

Den nächsten Morgen beginne ich mit einem Grinsen, das den ganzen Tag nicht aufhört. Dauernd stehe ich vorm Spiegel, um es anzuschauen. Roman sagt, das läge an ihm, ich behaupte, das läge an meinem Kind. Das Kind ist wieder da!

51

Es klingelt. Uschi. Diesmal ist Uschi an Horsts Tür gescheitert. Mit geschlossenen Augen lehnt sie am Türrahmen und fragt nach Feuer für ihre halbe Zigarette. Ich fühle mich so schuldig, sagt Uschi, der Horst hat mich erwischt mit so einem jungen Typen. Jetzt macht er nicht mehr auf. Ich bleibe so lange vor seiner Tür sitzen, bis sie aufgeht, sagt Uschi. Mein Kind kommt mit dem Feuerzeug angesprungen, um ihr Feuer zu geben, aber irgendwann muss ich übernehmen, denn sie pustet beim Anrauchen die Flamme immer wieder aus. Mit der brennenden Zigarette und einem Ich-fühl-mich-so-schuldig-Gemurmel zieht sie wieder ab. Was hat die Frau, fragt das Kind. Zu viel getrunken, sage ich, vom Becksbier. Lange noch hören wir sie klingeln, klopfen, bollern und rufen. Irgendwann ist es wieder still im Treppenhaus. Zurückgeblieben sind viele kleine Tabakhäufchen, die wir am nächsten Morgen finden. Das Kind lacht. Seit es vom Papaurlaub zurück ist, lacht es wieder.

52

Es klingelt. Steffen? Er sieht ganz schlecht aus. Mensch Steffen, wo kommst du denn her? Er zeigt mir seine Hand, die er auf seinen Bauch gepresst hält. Blut. Komm rein. Er kommt rein und legt sich auf den Boden vor meinem Sofa. Ich ruf den Notarzt! Nein, auf keinen Fall, ist nicht so schlimm, sagt Steffen und blutet. Horst ist Arzt. Zu meinem Kind sage ich: Geh schnell und hole Handtücher. Wo sind denn die Handtücher? Ich läute bei Horst und klopfe auf das Sperrholzbrett, bis er aufmacht. Schnell, Horst, ich brauche dich als Arzt! Steffen. Ist das Blut? fragt mein Kind und zeigt auf die fünf roten Fingerabdrücke an der Wand. Ach, sagt Horst, das sieht nicht gut aus. Was ist denn passiert? Steffen sagt nichts und starrt an die Wand. Ich reiße meinen Arzneischrank von der Wand und stelle ihn neben das Sofa. Horst drückt auf Steffen rum, der erst schreit und dann still ist. Horst schaut ihm in die Pupillen, während ich ein Handtuch auf die Wunde drücke. Blutflecken, denke ich, riesige Blutflecken und sage: ich Arschloch. Mein Kind hüpft auf dem Sofa und fragt: Mama, warum bist du ein Arschloch? Der muss ins Krankenhaus, sagt Horst, sofort. Schnell, das Telefon, einseinszwei wählen, sage ich zum Kind. Die Feuerwehr? Ja, die Feuerwehr. Es kommt mit dem Telefon. Ich telefoniere, das Kind hüpft, Steffen stirbt, Horst reanimiert, es läutet an der Tür. Meine Mama telefoniert gerade, sagt mein Kind an der Tür. Es ist die Nachbarin von unten. Sag, mal ist das Blut? Ja, sagt mein Kind. Dann verschwindet sie wieder. Horst kniet auf Steffen und arbeitet. Dann die Sirenen, der Arzt mit dem Arztkoffer kommt hereingerannt und übernimmt. Intubieren, sagt Horst. Der Arzt mit dem Arztkoffer packt allerlei Gerät aus und schließt es an Steffens Körper an. Der Bauch hebt und senkt sich wieder. Er atmet. Ich bin Arzt, sagt Horst. Dann tragen sie Steffen hinaus. Horst geht ins Bad, ich in die

Küche und mein Kind hüpft hinter mir her. Ist der jetzt tot? Ich weiß es nicht. Es klingelt. Roman. Sag mal, ist das Blut? fragt er. Dann fange ich das Weinen an. Hey, was ist denn los? Horst kommt aus dem Bad gelaufen und murmelt was von *Das sieht nicht gut aus*, und mein Kind erzählt, was los war.

Roman sagt *Mord* und kocht für alle Kaffee, während Horst eine Arztgeschichte erzählt, von dem kleinen Sohn des Klinikhausmeisters, den er zu reanimieren versuchte, was vergeblich gewesen sei, aber dem Hausmeister zu liebe habe er es trotzdem getan. Gleich werde ich verhaftet, sage ich. Jetzt fängt mein Kind auch an zu weinen. Quatsch, ich werde nicht verhaftet, aber die Polizei kommt bestimmt. Und da kommt sie auch schon. Die Spurensicherung sichert die Spuren und klebt ein Absperrband vor meine Wohnungstür.

Horst, Roman, mein Kind und ich müssen mit aufs Revier. Da wir aber nichts wissen, und die Polizisten uns glauben, dürfen wir wieder nach Hause, diesmal zu Fuß. Horst muss allerdings noch bleiben, er trägt keinen Ausweis bei sich und probiert allerlei Scherze aus, die der Folkloregruppe nicht so gefallen. Zum Beispiel ruft er: ich kann mich nicht ausweisen, jetzt müssen Sie mich ausweisen, haha. Dann verlassen wir das Behördengebäude eben ohne Horst. Können die uns nicht heimfahren? fragt das Kind. Nein, die Berliner Polizei hat kein Geld, das sieht man an den Polizeiautos. Die Berliner Polizisten müssen verbeulte VWs und Opels fahren. In Baden-Württemberg fahren sie nagelneue silberfarbene Daimler. Ich will wieder nach Hause, zurück ins Ländle, mir wird das Großstadtleben zu viel, sage ich zu Roman. Roman sagt gar nichts, sondern zündet eine Zigarette an. Vielleicht hätte er unter normalen Umständen gesagt: Ich koche uns erst mal was Schönes. Aber was sind normale Umstände? Und wer wischt jetzt das Blut auf?

Ich fahre ins Krankenhaus, sage ich zu Roman. Ich will mit, ich will mit, sagt mein Kind. Also fahren wir zu dritt. An der Information frage ich nach Steffen. *Guten Abend*, belehrt mich die freundliche Kranken-

hausangestellte, und weiter könne sie mir keine Auskunft geben, da ich mit Steffen nicht verwandt sei. Noch nicht mal, ob er tot ist oder lebendig, erfahren wir. Horst, der Arzt ohne Arztkoffer, kommt rein. Er verhandelt mit der Frau und zeigt seinen Ausweis. Die Frau telefoniert, der Arztkollege kommt und führt mit Horst ein Arztgespräch. Herzstillstand, sagen sie, den Rest kann ich nicht mehr hören, denn Horst verschwindet mit dem Arzt hinter einer Arzttür.
Ist der jetzt tot, Mama?
Ja.
Echt, Mama?
Ja, wenn da Herz stillsteht, ist man tot. Steffen ist tot. Gestorben. Aus. Vorbei. Bei uns in der Wohnung.
Ist der jetzt im Himmel, Mama?
Vielleicht.
Die Gestorbenen sind im Himmel, Mama. Ich war auch mal im Himmel, Mama, als ich noch nicht auf der Welt war, stimmt's Mama?
Ja, du warst im Himmel. Steffen ist jetzt auch im Himmel, vielleicht kann er uns sogar gerade sehen.
Mama? sagt er, dann fängt er laut an zu weinen. Ich nehme ihn auf den Arm und weine mit. Dann gehen wir hinaus, ins nächste Taxi, Roman zahlt, setzt uns in die Küche und putzt. Er wischt alles auf, er versucht sogar das Blut von der Wand zu kratzen.
Ich muss umziehen, ich kann doch nicht in einer Wohnung wohnen, in der jemand gestorben ist. Meine Wohnung ist eine Altbauwohnung und Altbauten sind alt, da waren schon viele Menschen drin, die heute nicht mehr leben. In meiner Wohnung wurde womöglich schon oft gestorben. Vielleicht sind in meiner Wohnung auch Kinder geboren worden, sicherlich wurden aber schon welche gezeugt. Vielleicht genau da, wo Steffen gelegen hat, oder daneben. In meiner Wohnung könnte sogar noch mal ein Kind gezeugt werden. In meinem Bett. Oder daneben. Mein bereits gezeugtes und mittlerweile ganz schön großes Kind spricht ab und zu von dem Baby, das sein

Bruder oder seine Schwester sein könnte. Wer soll denn der Vater von dem Baby sein, frage ich dann. Na, mein Papa, natürlich. Sein Papa natürlich, wer sonst. Aber wir sind doch gar nicht mehr zusammen. Aber wenn er mal wieder vorbeikommt, ein bisschen länger, vielleicht so eine halbe Woche? Nein, das geht nicht, außerdem bist du mein Lieblingskind, ich will gar kein anderes mehr haben. Da freut sich mein Kind und drückt mich. Und auf die Frage, ob es denn mit seiner Mutter auch zufrieden sei, sagt es: eigentlich schon. Und weißt du was, sage ich zu meinem Kind, morgen machen wir beide uns einen schönen Tag.
Roman wird nach Hause geschickt, denn heute schläft mein Kind bei mir im Bett, an dessen Stelle schon viele andere Betten standen oder Tische.

53

Wir machen einen Ausflug in den Treptower Park. Wir gehen spazieren, rennen, spielen Fangen. Ein Picknick, dann ziehen wir weiter. Es ist drei Uhr nachmittags und auf dem Gelände des Zenner-Biergartens, dort wo auch der Burger King den Familien Spielplatz und Pforten öffnet, spielt laute Musik. Zu der Musik tanzen mehrere Rentner, und während sie tanzen, rufen sie *Anton Anton Anton*, sie meinen den, der so schön ist und so toll, den Anton aus Tirol. Und dabei strecken sie rhythmisch ihre Fäuste zum Himmel.
Warum tanzen Rentner nicht Paartanz?
Warum gibt es solche Musik?
Das ist das Ende der Welt.
Ich versuche mich damit zu trösten, dass es möglicherweise auch in meinem Leben Situationen geben könnte, in denen ich *Anton Anton Anton* brüllen würde. Aber mir fällt keine solche Situation ein, und wenn, dann wäre das nicht am Sonntagnachmittag um drei Uhr. Vor siebzehn Uhr dreißig trinke ich nie. Aber so ein Rentner säuft auch gerne am Nachmittag. Deshalb ist so ein Rentner respektive eine Rentnerin auch schon mal nachmittags um drei Uhr besoffen. Und Besoffene machen einfach manchmal einen Riesenscheißdreck, das weiß doch jeder. Hilft mir aber auch nicht. Ich ziehe mein Kind an der Musik und dem Kids Menu vorbei und wir mieten uns ein Ruderboot. Schnell um die Insel der Jugend herumgerudert, von wo man uns mit Techno beschallt. Im Hintergrund das Umpfumpf vom Biergarten. Ich rudere uns Richtung Stadt und plötzlich, mitten auf der Spree, kehrt Ruhe ein. Mein Kind übernimmt das Rudern, während ich mir den Himmel anschaue. Steffen ist im Himmel, und der ist blau. Möwen fliegen durch mein Gesichtsfeld. Das Wasser plätschert. Mein Kind rudert. Seit gestern habe ich zum ersten Mal wieder an Steffen ge-

dacht. Den Toten fast schon vergessen. So schnell geht das. Gestern hatte ich noch eine Leiche im Wohnzimmer. Jetzt ist sie weg. Sie ist verschwunden auf dem üblichen Weg mit dem Notarzt als atmende Leiche im Krankenwagen.

Vom Ufer ertönt Kindergeschrei, und mein Kind rudert zu einem im Wasser treibenden Ball. Ich fische ihn raus, und wir bringen den Ball ans Ufer. Das Mädchen am Ufer freut sich. Sie heißt Charlotte und wohnt in Charlottenburg. Zum Glück heißen wir Friedrich, so haben wir die Auswahl zwischen Friedrichsfelde, Friedrichshagen und Friedrichshain, sage ich zu dem Mädchen. Mein Sohn hat Humor, denn er lacht und fragt nicht, ob wir wirklich Friedrich heißen. Auf dem Rückweg zum Bootssteg verrichten wir noch einen Fährdienst und setzen eine kleine Kleinfamilie von der Stralau über. Die Familie kommt aus dem Schwäbischen und wohnt auch in Friedrichshain. Die Welt ist so klein. Daheim sterben die Leut. Das Leben ist schön.

54

Es klingelt. Horst. Er teilt mir mit, dass man ihn aus seiner Wohnung herausgeklagt habe. Er werde mit Uschi, die seit vier Tagen trocken sei[48], zusammenziehen, in eine Wohnung in Pankow, ein bürgerliches Haus, ein besseres Haus, vor dem nicht immer die Polizei stehe. Seine kleinen Integrationsversuche, indem er zum Beispiel die Hinterhofbegrünung gebändigt hatte oder ein Dreckloch vor dem Haus mit Blumen bepflanzte, die aber immer wieder kaputtgeparkt wurden, waren vergeblich gewesen. Einmal hatte er einen vor dem Haus angebunden Hund gefüttert, für ausgesetzt erklärt und selbst die Polizei herbeigerufen, was ihm wieder nur Ärger eingebracht hatte, denn der Hund gehörte zu einem Besuch im Haus.

48 toi toi toi

55

Ich fahre zu Karstadt am Hermannplatz und stehle Haushaltswaren. Diverse Küchenhelfer aus Edelstahl, wie Schöpfkellen in verschiedenen Größen, Serviergabeln und ein Pfannenwender, alles von WMF, die waren gerade im Angebot und haben sich deshalb angeboten. Und da sage einer, ich mache keinen Preisvergleich. Für meine Freundin mit der roten Brille nehme ich aus der Damenabteilung einen Damenmantel mit, der fast nicht mehr in meinen Rucksack passt. Da wird sie sich freuen. Der Winter kommt. Und ihr Geburtstag auch. Sie selbst hat keine Nerven zum Diebstahl. Einmal überredete ich sie, Schuhe rauszulaufen. Mit schlotternden Knien stelzte sie hinaus, absolvierte direkt vor der Tür einen 100m-Lauf und musste anschließend stundenlang Kette rauchen.
Die Küchenhelfer schenke ich Roman. Weil er es sich verdient hat.

56

In dieser Nacht träume ich, ich sei eine Leiche, meine Arme liegen auf meinem Körper. Einer liegt auf dem Hüftknochen, der andere auf der Brust. Meine Beine sind verdreht. Ich wache auf. Romans Arme liegen auf meinem Körper. Ich schiebe sie weg. Aber sie kommen wieder, genau wie der Traum von der Leiche, die so aussieht wie ich und daliegt mit abgeknickten Beinen und Armen. Ich kann mich von oben sehen. Plötzlich wird meine Leiche von etwas Riesigem bewegt, es ist der Boden auf dem ich liege, der mich mit sich in die Höhe hebt, und mein rechter Arm beginnt zu winken.[49] Das Meer rauscht. Ich wache auf. Lautes Schnarchen hat mich geweckt. Wieder eingeschlafen rauscht das Meer weiter, und ich sehe mich liegen. Im seichten Wasser liege ich und werde von kleinen Wellen hin und hergerollt. Mein Körper ist sandig und voller Algen, einzelne Haarsträhnen treiben vom Kopf weg und wieder zurück. Kinder pieken mit Stöcken in meine Haut, die sich in Brocken ablöst und davon taucht. Ein Brocken wird rausgefischt, mit einer Schaufel zerhackt und am Strand vergraben.[50] Scheißtraum. Neue Leiche. Jetzt liege ich am Strand auf einem Handtuch neben vielen anderen Sonnenbadenden. Rot verbrannte Körper. Daneben hocken dicke Kinder, die sich Süßigkeiten und Pommes in die Münder stopfen. Dahinter an der Imbissbude

49 „Oh einsamer Tod nach einsamem Leben. Oh, nun fühl ich's: Zuhöchst erhaben bin ich, weil zutiefst voll Leiden. Hierher! Aus euren fernsten Fernen schwellt heran ihr kühnen Wogen meines Todes. Dir fliege ich entgegen Wal, du Allzerstörer. Bis zum letzten Atemzug ringe ich mit dir; aus dem Herzen der Hölle stoße ich nach dir; um meines Hasses willen, speie ich den letzten Hauch nach dir. Unlösbar fest an dich geknüpft, will ich dich hetzen, du verfluchter Wal... Empfange meinen letzten Speer." (Herman Melville)

50 Staub zu Staub

stehen aufgereiht immer dicker werdende Mütter und Väter in knapper Bademode, die allmählich in den gewaltigen Gesäßen verschwindet. Mit Riesenbratwürsten in der Hand versuchen sie, sich in stapelbare Plastikstühle zu klemmen, während ich daliege und verbrenne. Die Frau auf dem Handtuch neben mir gibt mir beim Umdrehen einen kräftigen Schubs. Roman hat mir diesen Schubs gegeben. Jetzt sind wir beide wach. Ich bin verschwitzt. Entschuldigung, sagt er. Aua, sage ich. Ich werfe die dicke Decke von meinem Körper. Dann lege ich meine Arme auf mich drauf, winkle die Beine nach hinten ab. Schau mal, so sehe ich als Leiche aus, das habe ich geträumt. Roman hat auch geträumt. Ab sofort konnte man in allen Drogerien Marihuana kaufen. Während er bei Schlecker an der Kasse stand, fand draußen ein Protestmarsch statt. Ein gigantischer Hausfrauenaufmarsch mit Kiffen-ist-öd-weil-Kiffen-macht-blöd-Sprechchören und Ficken-statt-Kiffen-Transparenten. Roman hielt ein Päckchen mit grünsilbrigem Pulver in der Hand und fragte nach dem Gewicht. Schätzen sie doch mal, sagte die blondierte Kassiererin. Etwa fünf Gramm? Stimmt genau. Und wie viel kostet das? Fünfundsiebzig Mark. Ich hab in D-Mark geträumt. Fünfundsiebzig Mark sind eigentlich zu viel für fünf Gramm. Er zahlte trotzdem. An die Wirkung des Schleckermarihuana kann er sich aber nicht mehr erinnern.

57

Mein Kind und ich nehmen den Zug. Steffen wird beerdigt.
Auf dem Friedhof ein riesiger Menschenauflauf und mittendrin die Mutter. Steffens Mutter kenne ich, die hat er mir mal vorgestellt. Eigentlich hat er mich seiner Mutter vorstellen wollen, um zu zeigen, dass er auch solide Menschen wie eine Mutter mit Kind und aufgeräumter Wohnung kennt. Dieses Vorhaben scheiterte daran, dass Steffen mich aus dem Bett geklingelt hatte, und das Kind gar nicht zu Hause war.
Da steht sie, die Mutter. Ein wenig gebückt, aber gefasst hängt sie am Arm ihres Mannes. Sie scheint mich nicht wiederzuerkennen. Vielleicht liegt's an den durchgeweinten Augen.
An Steffen wurde noch lange obduziert, um zu erfahren, wie sich sein Magen- und Darminhalt zusammensetzt. Jetzt liegt er im Leichenschauhaus, Kabine drei. Er sieht sehr blass aus. Er liegt in seinem Sarg im Anzug mit Blümchen in der Hand. Seine Bauchdecke fällt ein wenig in sich zusammen, wahrscheinlich hat man den Magen und den Darm samt Inhalt einfach in den Müll geworfen, statt wieder einzuräumen. Klinikmüll ist Sondermüll, oder wo kommen all die entfernten Organe und Gliedmaßen hin? Fließt das Blut im Abfluss davon? Jetzt werde ich auch ganz blass. Ich ziehe mein Kind an der Hand, wieder hinaus.
Die Beerdigung wird standardmäßig durchgeführt. Das Orgelspiel treibt uns die Tränen in die Augen. Der Herr hat's gegeben, der Herr hat's genommen. Der Pfarrer spricht vom frühen Ableben eines jungen Menschen, aus dem Leben gerissen sei er, von dunklen Mächten, denen wir ausgeliefert wären, wenn wir uns nicht wehrten. Er wünscht den Angehörigen Mut und Kraft, den Verlust zu überwinden und bittet die Gemeinde zum Trauerzug ans Grab. Dort stehen alle

schweigend in der Sonne. Mein Gesicht zieht sich zusammen. Die Mutter muss jetzt loslassen. Der große Abschied. Gerade hatte man ihn noch sehen können, jetzt ist er für immer weg. Schon das Zunageln des Sarges jagte mir einen Schauer nach dem andern über den Rücken. Warum denke ich eigentlich immer an die Mutter? Warum nicht an die Französin mit dem dicken Bauch? Sie muss das Kind nun alleine auf die Welt bringen. Die Femme Fontaine wird sich Geschichten zurechtlegen, die sie dem Kind eines Tages vom Papa erzählen kann. Da steht sie, eine Silhouette mit Beule und gesenktem Haupt. Aber der Anblick der schwangeren Witwe rührt mich kein bisschen. Es ist die Mutter. Sie schluchzt in sich hinein, als der Sarg hinabgelassen wird. Ich auch. Alle werfen eine Schaufel voll Erde hinterher. Die Erdklumpen poltern und klopfen auf den Holzsarg. Dieses Klopfen erinnert mich an eine Filmszene aus *Zurück in die Zukunft*, als der dicke Biff dem Vater von Michael J. Fox auf die Stirn klopft „Hallo McFly, ist jemand zu Hause?" Schon lange habe ich die Kontrolle über mein Gehirn verloren. Manche Trauergäste werfen auch Blumen hinunter. Danach schüttelt man den Eltern und der Französin die kalten Hände, ehe man sich wieder zur Beerdigungsgesellschaft stellt, bis die sich auflöst.

Was machen wir jetzt? fragt mein Kind, das von mir getragen wird. Wir fahren wieder heim, was sonst. Ich drehe mich kurz um, um zu erfahren, ob dunkle Mächte uns verfolgen. Jede Menge dunkel gekleidete Gestalten nehmen hinter uns den gleichen Weg, nämlich raus aus dem Friedhof.

58

Roman und das Kind sind nicht da. Ich warte am Fenster. Nichts. Raus zum Spielplatz am Boxi. Traveplatz. Nichts. Da sitzen die Trinker, Horsts Freunde. Einer erkennt mich und macht ein Geräusch zwischen knurren, rülpsen und husten. Ich hebe die Hand und gehe wieder nach Hause. Auf meinem Sofa, das mal weiß war, pfeift es in meinem Kopf. Dann höre ich ein Schaben. Das kommt von der Tür. Ich reiße die Tür auf. Es ist Uschi, sie bittet mich um eine Zigarette. Ich rauche aber nicht, sorry, und mache die Tür wieder zu. Uschi rutscht mit dem Rücken an der Tür runter und bleibt sitzen. Ich tue das Gleiche, von innen. Uschi summt vor sich hin und rülpst, aber das Pfeifen in meinem Kopf ist immer noch da. Bilder von einer Kinderleiche schieben sich in mein Hirn. Noch fünf Minuten. Ich warte noch fünf Minuten.

Und wenn mein Kind tot ist?

Dann habe ich kein Kind mehr, bin mal Mutter gewesen. Das Leben geht weiter. Ich werde eine kleinere Wohnung suchen, bin total unabhängig, kann tun und lassen, was ich will.

Die Sorgen sind wie weggeblasen. Nur das Pfeifen ist noch da. Stellen Sie sich mal Ihr Leben ohne Ihr Kind vor. Sie haben zehn Minuten Zeit. Die Zeit läuft. Jetzt.

Dann habe ich kein Kind mehr, bin mal Mutter gewesen. Das Leben geht weiter. Ich werde eine kleinere Wohnung suchen, bin total unabhängig, kann tun und lassen, was ich will.

Ich höre Stimmen. Es ist mein Kind, eindeutig, es kommt die Treppen heraufgesungen. Als ich die Tür aufmache, fällt Uschi rückwärts in unsere Wohnung hinein. Was macht die Frau da? Ich nehme das Kind auf den Arm. Roman hilft Uschi auf die Beine und bringt sie runter. Mama, warum weinst du? Ach nur so, ich war traurig, weil ihr nicht da ward. Ach so, sagt das Kind und hüpft in die Wohnung. Uschi trinkt Becksbier, immer nur Becksbier, sagt Horst sagt Roman. Ich hab gedacht, ihr seid entführt oder tot oder so. Wir waren Eis essen. Drei Kugeln, sagt das Kind. Die hätte es von mir nicht bekommen. Entschuldigung, wir hätten wohl gleich wiederkommen sollen. Ja. Hör mal, sage ich zum Kind, du gehst niemals mit jemandem mit, den du nicht kennst, egal welche tollen Sachen er dir verspricht. Und wenn der mir den Playmo-Flughafen schenkt? Auch nicht, wenn er dir den Playmo-Flughafen schenken will, nicht die Playmo-Raumstation, nicht die Playmo-Ritterburg, nicht das Piratenschiff. Von Playmo? Ja von Playmo, auch nicht die Carrerabahn, nicht die Armbrust, nicht den Actionman im Dschungel, nicht der Hot-Wheels-Haipark, gar nichts, ist das klar? Weiß ich doch Mama. Egal wo, ob hier, auf dem Spielplatz, im Kindergarten oder sonst wo. Weiß ich doch Mama. Dann ist gut. War's so schlimm? fragt Roman. Wie, was soll wo schlimm gewesen sein? Ich kann mir mein Leben auch ohne Kind vorstellen. Jetzt beruhige dich doch wieder. Ich bin ruhig. Nein, bist du nicht. Doch. Du spinnst ja. Blödmann. Dann küsst er mich. Geh weg. Okay, sagt er, bekommt einen Strichmund und geht weg.

59

Das Kind wünscht sich ein Haustier. Wir gehen zur Zoohandlung. Eigentlich wollten wir uns die Kaninchen nur mal ansehen. Aber da, wie niedlich, ein kleines schwarzes. Gesehen, gestreichelt, gekauft. Es ist ein Weibchen. Mein Kind gibt ihr den Namen Lora.

So ein Kaninchen ist eine Anschaffung. Hundertfünfzehn Euro. Ein Käfig, Futternäpfe, Trinkflasche, Kaninchentoilette, Salzleckstein, Streu, Bergwiesenheu und Futter. Jede Menge Futter.

Wir freuen uns riesig an den eigenartigen Sprüngen, die Lea so macht. Lora heißt jetzt Lea, denn mein Kind konnte sich den Namen nicht merken. Zwei Tage später heißt Lea dann Luise, weil auch Lea nicht im Kindergedächtnis haften blieb. Warum es sich ausgerechnet Luise merken kann, weiß kein Mensch. Luise ist für ein paar Tage der Mittelpunkt in seinem Kinderleben, dann vereinsamt das Tier zusehends.

Kaninchen brauchen Gesellschaft, sagt meine Freundin und rät zu einem Meerschweinchen. Aber Meerschweinchen sind doch nur doofe Fellknäuel, sage ich. Naja, sagt sie, wenn man sich aber vorstellt, dass die aus Mittelamerika kommen, und man damit einen Azteken zuhause hat, dann ginge es doch. Aber ich will keinen Azteken zuhause haben. Dafür lasse ich Luise in der Wohnung herumhoppeln. Meine Freundin ist begeistert. Das Kaninchen ist ja gar nicht scheu, ruft sie und jagt es gemeinsam mit dem Kind durch den Flur. Ich wundere mich, dass die Studenten-WG von unten noch nicht geklingelt hat, weil die Kaninchenkrallen auf dem glatten Holzboden unentwegt kratzen.

60

Es klingelt. Horst. Uschi ist weg. Wie weg? Weg. Uschi ist im Frauenhaus. Hast du sie geschlagen? Quatsch, sie ist zurück zu ihrem Exmann, der hat sie geschlagen. Und die Wohnung in Pankow, und ihre Sachen im Hof? Uschis Kisten und Möbel stehen in unserem Hof. Schon sind sie ganz aufgeweicht. Das sei ihm scheißegal, sagt Horst. Das Kind kommt mit Luise auf dem Arm angelaufen. Oh, du hast ein Kaninchen, sagt Horst, meine Kinder hatten auch Kaninchen, zwei, ein Pärchen, die haben sich vermehrt wie die Karnickel. Ich werde auch eine Zucht aufmachen, behaupte ich und finde spontan Gefallen an der Idee.

61

Roman erinnert mich daran, wie schmackhaft so ein Kaninchen ist. Er rollt einen kleinen Joint aus eigener Ernte, weil mir das gut täte, sagt er. Wir rumpeln, was das Zeug hält, weil mir das gut tut. Mensch, das ist ja Fickgras! Und dann bekomme ich einen Lachanfall mitten in der Nacht. Roman sagt, es ist deine Bestimmung, mit mir Sex zu haben. Jetzt kommt er mir so. Und wieso sollte das meine Bestimmung sein? Weil du mich liebst. Ich liebe dich? Verwechselst du da nicht was? Er lacht, legt sich auf den Rücken und schweigt. Jetzt beginnt er wieder mit seinem großen Schweigen. Roman der Schweiger. Gerne würde ich mich jetzt unterhalten. Zum Beispiel könnten wir über Balkonbepflanzungen sprechen. Über Hasenzucht. Oder über Steffen. Über Mord im Allgemeinen. Über Nachbarschaft im Besonderen. Oder über die Oder.

Ich würde jetzt gerne mit dir sprechen, sage ich.

Roman schweigt.

Hallo?

Japp, sagt er.

Was machst du?

Ich schaue für dich aus dem Fenster.

62

Roman trinkt Kaffee, raucht und liest in der Zeitung.
Wir sitzen hier wie ein altes Ehepaar, sage ich.
Roman lacht.
Soll ich dir das Feuilleton abgeben?
Nein, ich würde gerne mit dir sprechen.
Roman liest.
Ich räuspere mich. Ich räuspere mich noch mal. Ich mache einen riesigen langen Kettenräusperer, er sieht von der Zeitung auf.
Du kommst nur zum Rumpeln her.
Ich komme nicht nur zum Rumpeln her, ich spreche auch gern mit dir, sagt Roman und klappt die Zeitung vors Gesicht.
Du bist wortkarg, du hast mir nichts zu sagen.
Roman klappt die Zeitung runter und lacht. Dieser Mann nimmt mich überhaupt nicht ernst.
Du nimmst mich überhaupt nicht ernst.
Doch, ich nehme dich ernst, sehr ernst, sagt er und klappt die Zeitung wieder hoch.

63

Mit der Hausarbeit beginnt die Ordnung. Ich muss mein Leben aufräumen. Wie sieht's denn hier aus?
Überall liegen Hasenköttel. Und der Liebhaber muss auch wieder weggeräumt werden. Der Liebhaber im Morgenmantel meines Vaters hat die Zeitung unterm Arm und macht die Klotür hinter sich zu. Er wird nun sehr lange nicht wieder herauskommen. Zum Glück pfeift er nicht. Ich sammle die Köttel mit der Hand auf. Tolle Sache mit der Kaninchenscheiße, macht überhaupt keinen Dreck. Die Damen von der Zoohandlung versicherten, dass Kaninchen stubenrein werden können. Aber so lange Luise nicht aufs Sofa pisst, ist's mir irgendwie egal.
Heute werde ich die ganze Wohnung putzen. Alles wird sauber gemacht. Und Morgen beginne ich ein neues Leben. Morgen werde ich eine Bewerbung schreiben.
Roman verabschiedet sich mit einem feuchten Kuss. Wann sehen wir uns wieder? Nie wieder.
Ich putze die Wohnung blitzblank und bin enttäuscht, dass mein Kind mich nicht dafür lobt.

64

Es ist Samstag. Und ich stehe auf einem Fußballplatz. Das erste Punktspiel. Ich zittere ein wenig, denn es ist kalt. Mein Kind trägt die Nummer sechs.
Ich hätte ihm etwas über Punktspiele, Tabellen, Auswärts- und Heimspiele erzählen sollen. Wetten, dass wir heute in einer Mannschaft sind, sagte er zur Begrüßung zu Jimmy. Jimmy ist der Allerschnellste. Bisher kennt er nur Fußballtraining, und dort werden die Kinder immer in zwei Mannschaften aufgeteilt. Jimmy brüllte, denn der Umgangston unter Fußballern ist ein harter, dass heute doch kein Training sei, sondern ein Punktspiel, du Dummi. Heute sind also alle Kinder, die er aus dem Training kennt, in seiner Mannschaft. Er freut sich riesig.
Trainer Uwe spricht nicht viel. Begrüßt hatte er uns mit einem zweifachen Fingerzeig nach oben, was bedeutet, dass die Kabine oben ist. Direkt vor dem Spiel scharte er acht aufgeregte Jungs um sich, scheuchte uns Eltern mit einer Handbewegung weg, und sprach kurz auf die Kinder ein. Dann verteilten sie sich auf dem Spielfeld. Mein Sohn soll der Rechtsaußen sein, denn dort hat man ihn hingestellt, und dort steht er auch. Ab und zu kommt ein Ball in seine Nähe, auf den er sich instinktiv zu bewegt, aber niemals berührt, denn der Ball war ihm nicht direkt zugespielt worden. Wenn er nicht dran ist, dann ist er nicht dran. Ein höfliches Kind. Der Ball ist nie sein Ball, denn seine Mitspieler wie auch die Gegenspieler rufen jedes Mal: Meiner! oder: Zu mir! Ich rufe, er dürfe auch mal schießen, wenn der Ball an ihm vorbeirollt. Er schaut mich an und knabbert an seinen Fingern.
Jetzt habe ich auch was reingerufen. So wie der Vater, der unentwegt *Philipp, nach vorne, Philipp!* schreit, oder die Mutter, die ständig *Kevin, gut gemacht Kevin!* ruft.

Trainer Uwe und Betreuer Name unbekannt tragen Matte und Schnauzer und haben eine Rechtschreibschwäche. Sie sind aber lange nicht so unsympathisch wie Trainer und Betreuer der gegnerischen Mannschaft. Der Gegnertrainer brüllt nonstop seine kleinen Spieler an. Der kleinwüchsige und gehbehinderte Gegnerbetreuer brüllt auch unentwegt und humpelt hektisch mit ausgestellten Ellenbogen hart an der Seitenauslinie vor uns rum. Wenn sich Behinderte auf einen zu bewegen, tritt man beiseite. Aber diesem sollte man ein Bein stellen, ein gesundes.
Halbzeit. 2:0 für uns. Mein Sohn kommt angesprungen und hängt sich an meine Hand. Ab in die Kabine, der Trainer will jetzt mit euch sprechen, sage ich, denn das sagte mir eine Handbewegung von Trainer Uwe. Das Kind hat verstanden und rennt den anderen hinterher. Was eine Halbzeit ist, erkläre ich ihm später.
Kevins Mutter berlinert mich zu, ich verstehe kein Wort, außer, dass Kevin immer besser wird. Ja, Kevin wird immer besser.
Die Kinder kommen aus der Kabine zurück. Mein Sohn rennt weinend auf mich zu, er hat gedacht, ich sei weg. Ich bin aber noch da, was ein Glück. Trainer Uwe winkt ihn aufs Spielfeld. Mein Sohn wischt sich den Ärmel übers Gesicht und geht auf Position. 3:0, 4:0, Jimmy hat zwei Tore geschossen und springt an seinem Opa auf und ab.
Es nieselt. Mein Sohn unterhält sich mit Kevin, die beiden lachen und klatschen ab, der Betreuer ruft *ihr sollt euch nicht unterhalten, ihr sollt spielen!* Da wird Kevin vom Abschlag des eigenen Torwarts am Rücken getroffen und dreht sich fassungslos um. Er entscheidet sich fürs Weinen und rennt in die Arme seiner Mutter. Für den Rest der Spielzeit ist er nicht mehr einsetzbar. Mein Sohn schaut ihm hinterher und bleibt an den Fingern nagend stehen.
Abpfiff. Alle gehen in die Kabine. 4:0, dafür gibt es Kuchen. Die braune Porschetasche mit den Trikots gibt man mir zum Waschen mit. Nächsten Samstag bei den Marzahner Füchsen. Ich bin eine Fußballmutti.

Nun werde ich mich zurückziehen, denn zufriedene Menschen sind eine Provokation. Mein Leben ist in Ordnung. Endlich. Voller Glück hänge ich zuhause frischgewaschene rote Kindertrikots auf und sehe mich in meiner aufgeräumten Welt um. Der Liebhaber ist weg, und alles ist sauber. Bis auf die Kaninchenscheiße, aber auch die ist irgendwie sauber, denke ich und schnippse zwei Köttel in den Hausflur. Das Kind ist ebenfalls zufrieden, denn nur zufriedene Mütter haben zufriedene Kinder.

65

Ich rufe bei Roman an. Komm doch vorbei. Bitte.
Er kommt.
Anschließend stellen wir uns Sex im Alter vor. Meine Brüste sind sehr lang. So lang, dass Roman mit dem Mund an die Brustwarzen kommt, obwohl ich auf dem Bauch liege. Neue BH-Kreationen könnte ich tragen, bei denen die Brüste unter den Achseln oder auf dem Rücken platziert sind. Ideal für einen Paartanzabend. Denkbar sind auch Variationen, eine Brust vorne, eine hinten. Eine Herausforderung für die Haute Couture. Gelegentlich würde ich mir eine nackte Brust auf die Schulter legen und darauf warten, bis er es entdeckt. Dann gebe ich der Brust einen Schubs, und sie rollt über die Schulter ab, sagt Roman. Vielleicht bleibt sie aber auch einfach platt liegen, sage ich. Ja, ja. Und Sex im Alter birgt auch Gefahren. Stell dir vor, ich knie auf deinem Hodensack. Da fällt ihm nichts mehr ein.
Neidisch betrachte ich mein Kind. Ein schönes Kind, ein Athlet, ein Kinderathlet mit Kindermuskeln und die Haut so zart. Egal. Ich werde hundert. Das Einzige, was mich beugt, wird die Osteoporose sein.
Roman ist fünfunddreißig. Ein gutes Alter für einen Mann. Ich werde bald dreiunddreißig, falls ich nicht von einem Blumentopf erschlagen werde. Vielleicht werde ich mit dreiunddreißig auch noch Sex haben. Du wirst in zwanzig und dreißig Jahren noch Sex haben, sagt Roman. Und du, sind Männer nicht impotent mit fünfzig? Nö, glaube ich nicht, es geht bestimmt nicht mehr so oft, aber manchmal schon. Dann ist ja gut. Leni Riefenstahl sei hundert geworden und habe mit siebzig das Tauchen angefangen, sagt Roman, so könne man das Älterwerden ja auch sehen. Stimmt, aber findest du es nicht ein bisschen unpopulär, ausgerechnet mit Leni Riefenstahl zu kommen, gerade hier im Osten? Quatsch, sagt er, das sei ihm doch egal. Mir auch.

66

Ich setze mich in eines dieser zahlreichen Cafés mit den großen Fenstern und schaue in die winterliche[51] Stadt. Draußen gehen Hunde vorbei, viele Hunde, die die Stadt mit ihrem Hundeatem aufwärmen müssen. Die Stadt ist grau und kalt, und alte Männer in zu großen Mänteln, die vor den Kaffeehausfenstern vorüberziehen, machen einen traurig. Und weil alles so traurig ist, sind alle so traurig. Die jungen Menschen in den Cafés greifen nach ihren Kladden und fangen an aufzuschreiben, denn in Berlin gibt's viele Schriftsteller. Die Kaffeehaus-Bedienung, die eigentlich bedienen sollte, steht hinterm Tresen und schaut ins Leere. Ja, sie ist schön, sie muss nicht arbeiten. Sie ist zu schön zum Arbeiten. Ab und zu wischt sie dann doch mal einen Tisch, wofür sie sich hinunterbückt und hinten eine Steißtätowierung präsentiert, vorne den Einblick in ihr Dekolleté. Das tröstet uns, denn auf ein Heißgetränk können wir auch mal verzichten. Und wenn die Bedienung, die eigentlich bedienen sollte, ihren Körper zur sanften Musik bewegt, schöpft man fast schon wieder Hoffnung.

51 Im Herbst gehen die Blicke der Männer in die Augen auf der Suche nach dem Menschen. Im Frühjahr schauen sie einem dann wieder auf den Arsch. Es wird Winter in Berlin.
Ein Spaziergang durch die Stadt gleicht hier zu jeder Jahreszeit einem Tanz um die Hundehaufen. Jeder Fehler wird bestraft. Im Winter rutscht man schon mal aus auf festgefrorenem Hundedurchfall oder kickt locker eine tiefgekühlte Hundewurst vor sich her. Bei Minusgraden ist Hundekot nahezu geruchsfrei. Hundewürste gibt es ganzjährig in vielen Farben, in gelb, in grün, in sämtlichen Rottönen und natürlich schlicht in braun und schwarz. Von frei laufenden großen Hunden, von japsenden Kleinhunden und von kurzatmigen Kampfhunden, die ihre drangeleinten Kampfhundehalter hinter sich herziehen, und von denen man weiß, dass sich so ein Kampfhundegebiss nur schlecht von einem Arm löst, weshalb man lieber einen Bogen macht.

Die große Liebe. Wie schön er war. Nur ich durfte seine Hände berühren, mit denen er gestikulierte. Ich durfte seinen Fuß streicheln, der in seinem Schuh wippte. Nur ich durfte seinen Mund küssen, mit dem er sprach und lachte. Noch heute höre ich manchmal die Geräusche aus unserer alten Wohnung. Ein Schlüssel, der die Tür aufschließt. Er kommt wieder heim. Nein, er kommt nicht heim. Er soll auch nicht kommen, denn in den langen Jahren hat man sich so mühsam auseinandergelebt und will nun lieber alleine bleiben.
Ein Alltag deckt alles zu, so wie der Schnee die Wiesen und Hundekacke die Stadt.

67

Luise braucht einen Freund. Wir wollen noch ein Kaninchen haben, und zwar ein Männchen. Und siehe da, zwischen all den Majas und Azteken hockt eines. Ein kleines weißes.
Einundzwanzig Euro. Das Böckchen kriegt den Namen Felix. Felix entpuppt sich als weißer Kinderzimmerblitz mit einem großen schwarzen Schatten. Luise jagt ihn von einer Ecke in die andere. Der arme Felix. Fast schon will ich das Tier zurückbringen, als die beiden morgens einträchtig beieinander sitzen. Jetzt brauchen wir nur noch warten, bis Felix gewachsen ist, dann bekommen wir Kaninchenbabys, sage ich zum Kind. Haben die dann Sex? Ja, auf jeden Fall. Das Kind grinst.

68

Hallenfußballturnier. Anstoß war um acht Uhr fünfundvierzig in Reinickendorf, das hieß für uns um sieben Uhr in die U-Bahn steigen. Sogar Roman ist mitgekommen. Er hält sich die ganze Zeit an mir fest. Kann er sich nicht an einem Geländer festhalten oder an sich selbst? Mütter, die sich ihr Leben und insbesondere den Aufenthalt beim Kinderfußball schönreden. Kinder, die in großen Hosen Fußball spielen. Kinder, die Eis oder Pommes oder beides essen, und Kinder, die am Rand sitzen und sich über Sex unterhalten. Boah, der hat viermal Sex gehabt. Nee, nur dreimal, der hat drei Kinder. Stimmt, aber man kann von einmal Sex auch zwei Kinder bekommen, wenn man ganz lange macht.
Mein Kind traut sich in der Zwischenzeit an den Ball, und das macht es sogar gut. Die Sensation dieses Fußballturniers ist eine Mannschaft aus Bayern, denn die spricht bayerisch.

69

Vor unserem Haus gibt es einen Polizeieinsatz mit Feuerwehr und Krankenwagen. Horst. Horst hört laute Musik. Aber um elf Uhr vormittags darf man doch Musik hören. Was ist los? Doch wegen der Musik. Uschi ist wieder bei Horst eingezogen, und das haben sie gefeiert.

70

Das Kind sitzt in seinem Zimmer. Und manchmal hört man Felix- und Luiserufe. Die Kaninchen haben angefangen die Bücher aufzuessen. Nebeneinander hocken sie auf dem Buch und knabbern an einer aufgeklappten Seite. Entweder sie nagen ein Stück raus, oder sie beißen sich fest und reißen. Nagen, reißen, kauen, schlucken. Aber noch viel lieber würden sie das Sofa aufessen, auf dem wir sitzen. Ab und zu wagt es eines, heraufzuspringen. Ganz arglos hockt es neben uns auf dem Sofa und starrt vor sich hin. Könnte es pfeifen, so würde es pfeifen. Und plötzlich springt es in die Ecke, beißt sich fest und scharrt mit den Vorderpfoten das Sofainnere heraus. Das Tier wird an seinem Kaninchennacken gepackt und wieder runtergesetzt, von wo es sofort zum Bücherregal springt, oder in die Ecke, um die Tapete von der Wand zu schälen. Sukzessive wird die Tapete abgelöst und aufgefressen.

Ich sollte eine Firma aufmachen. Biologischer Tapetenabbau. Ich investiere in kleine Gerüste, die an Zimmerwänden entlang aufgebaut werden, so dass sich die Kaninchen bis unter die Decke vorarbeiten können. *Biorenovierungen. Hasenarbeit.*

Meine Hasen auf ihren kleinen Hasengerüsten.

Und ein Besen für die Tapetenköttel.

71

Eine Lesung mit bekannten Schriftstellerinnen. Ein Verleger hält eine kleine Eingangsrede und innerhalb der nächsten zwei Stunden betreten nacheinander vier Schriftstellerinnen die Bühne und verlesen ihre Texte. Roman und ich trinken ebenso viele Biere. Die Schriftstellerinnen auf der Bühne sind schön, zart und alle von Natur aus ein bisschen traurig. Die eine zieht fröstelnd ihr Jäckchen über die Schultern, die andere wippt mit dem Fuß, die dritte streichelt sich ununterbrochen den Arm, die vierte raucht und blickt in die Ferne.
Ach, wenn ich schön wäre, dann könnte ich auch traurig sein. Wahrscheinlich bin ich neidisch. Ja, diese Frauen müssen beschützt werden, beschützt vor solchen Frauen wie mir. Ich bin schon immer ein schlechter Einfluss gewesen. Ich trinke gerne Bier und benutze fürs Ficken so schlimme Ausdrücke wie Ficken. Die Blonde fängt an. Sie schreibt von ihren Füßen, die weiß und barfuss durch den Staub wanderten und dabei doch nur dreckig aussahen. Dann die Rothaarige. Auch sie schreibt von Füßen. Die neuen Schühchen, deren Riemchen am Ferschen so reiben und kleine Steinchen hineinschaufeln.[52] Die Fußsohle brennt.[53] Dann kommen die Brünetten dran.
Wir hören viele Metaphern, z. B. wie ein TV-Gerät als flimmernder Eichenfurnierrahmen bezeichnet wird, und endlose Beschreibungen, wie ein Junge mit einem mächtigen bleichen Rippenkasten sein im untergehenden Sonnenlicht silbern schillerndes Kaugummipapierchen zerknüllt und in den grünen Mülleimer, der immer schon an der Ecke des Sportplatzes hängt, zielsicher und in hohem Bogen hineinwirft. Zeilenschinderei, sage ich zu Roman, das ist reine Zeilenschinderei.

52 Blut ist im Schuh! Blut ist im Schuh!
53 Lalülala.

Dann ist Pause. Wir holen für jeden noch zwei Biere. Es geht weiter. Roman zeigt auf die Füße der Lesenden und sagt: wer solche Stiefel trägt, kann nicht schreiben. Ich ergänze: und nicht ficken. Roman sagt: Wer nicht ficken kann, kann auch nicht schreiben. Prost. Prost. Der offizielle Teil der Veranstaltung ist vorbei, jetzt wird nur noch Bier getrunken. An einem Pfosten lehnen der Verleger und die mit den Fickstiefeln. Der Verleger zupft an ihrem Händchen und spricht irgendwas von Sexualität. Jetzt muss ich die Brille abnehmen, genug gesehen. Roman findet mich sexy so ohne Brille, behauptet er und küsst mich. Klar, sage ich und umarme ihn, denn ohne Brille mache ich meistens Bewegungen, die so aussehen wie Sex. Stimmt, sagt er, und du machst dabei Geräusche, die sich so anhören wie Sex. Ich will sofort gehen und setze dazu meine Brille wieder auf. Aber auf dem Weg zum Ausgang treffen wir einen Freund und kehren wieder um. Unser Freund ist stark angetrunken und hat seinen ebenso betrunkenen Freund dabei. Ständig ruft er: Der Mohammedaner, der Mohammedaner! Dann: der Mossad! Der Mossad war's! ruft unser Freund und malt Hakenkreuze an die Wand. Der Freund unseres Freundes sagt, er fände mich ziemlich sexy. Echt? Aber ich finde dich überhaupt nicht sexy, sage ich zum Freund unseres Freundes. Unser Freund grinst. Roman holt noch ein Bier. Ich will gehen. Der Freund unseres Freundes ist beleidigt und fragt unseren Freund, ob der denn mit dem Spiegel-TV-Gesicht, und damit meint er Roman, und mir ficken wolle. Unser Bekannter sagt, mit einer von den beiden würde er schon ficken wollen, und lacht. Der Freund unseres Freundes beschimpft Roman als Schwuchtel und findet mich total asexuell. Unser Freund fällt vor mir auf die Knie mit den Worten, ob er meine Fesseln anfassen dürfe, und umfasst meine Fesseln. Der Freund unseres Freundes will Roman schlagen, aber ich bin dagegen, weshalb wir dann doch gehen. Der Freund unseres Freundes schreit mir hinterher. Das Letzte, was ich von draußen noch hören kann, ist: Schlammfotze.
Ein eigenartiger Tag, sage ich zu Roman. Er nickt. Es regnet.

72

Roman kocht. Er kocht für acht Personen, vier Erwachsene, vier Kinder. Die Kinder sind eine autarke Gruppe, die sich schon seit Stunden mit gesammelten Kastanien, gesammelten Kastanienschalen und gesammelten Beeren unterschiedlicher Farbe beschäftigt. Dass sie daraus Boote schnitzen werden, haben sie angekündigt. Roman steht in der Küche und formt Knödel, womit er für geraume Zeit die Kinder von ihrer Schnitzarbeit ablenken kann. Wir hocken schier unbeweglich am Tisch und testen die gegenseitige Hanfernte. Drei dicke Joints machen die Runde. Johnny sagt: Schmeckt grün. Zeig her. Nein. Doch. Wie. Roman kommt kurz dazu und hält seine Ernte dagegen. Der vierte Joint. Johnny: Schmeckt grün. Ist gar nicht wahr. Aber meins riecht am besten. Nein meins. Quatsch. Meins riecht nach Parfum. Zeig her? Schmeckt aber grün. Und dann sagt Jette, sie mache intuitiv immer alles richtig. Ich fasse mir ins Gesicht, weil mein Mund zittert. Meine Lippen sind taub, ob sie zittern, kann ich nicht feststellen. Ich zittere zum Spiegel und trete auf eine Kastanienschale. Aua. Ich schlage mir auf die Wangen. Da kommt Roman vorbei. Im Vorbeigehen fasst er mich an. Immer muss er mich anfassen, wenn er mich sieht. Er fasst mich an, wenn ich neben ihm stehe. Er fasst mich an, wenn ich vor ihm, hinter ihm oder sonst wo stehe, sitze, liege. Ich will aber nicht angefasst werden. Im Vorbeigehen erst recht nicht. Immer streckt er die Hand nach mir aus. Immer kommt da die Hand. Manchmal kommt auch sein Mund. Sein Mund in meinem Gesicht oder im Nacken oder am Hals oder an der Schulter. Kann er seine Hände oder wenigstens den Mund nicht bei sich behalten? Kuss- und Berührreflexe. Ich will aber ungeküsst bleiben. Nicht so geküsst werden. Überhaupt nicht mehr geküsst werden. Nie mehr. Ich will nie wieder in meinem Leben Sex haben. Zwangssex wegen Zwangsberührung. Ich bin kein Paar.

Er ist entsetzt. Ich bin verstört. Die Grenzen müssen ab sofort eingehalten werden, damit sich so was wie eine Liebe einstellen kann. Wie soll ich denn lieben, wenn ich andauernd angefasst werde? Liebe, das ist es doch, was du von mir willst. Dann sag doch was, sagt Roman, sag mir, dass du gerade unkörperlich bist, dann fasse ich dich auch nicht an, sagt er, während er mit seiner Hand über meinen Arm fährt. Roman verschwindet wieder in der Küche, ich hock wieder bei den andern, wo Jette überzeugt davon ist, in ihrem Leben intuitiv immer alles richtig gemacht zu haben. Ich habe in meinem Leben intuitiv immer alles richtig gemacht, sagt Jette. Bei der Überlegung, ob ich in meinem Leben überhaupt schon mal was richtig gemacht habe, fällt mir nur ein, dass ich nach Berlin gezogen bin. War das Intuition? Wenn ich mal was richtig gemacht habe, dann aus purem Zufall. Ich schaue mich um, überall schnitzende Kinder. Ich mache zufällig immer alles richtig, sage ich. Johnny sagt, jeder mache im Leben das Richtige. Immer. Irgendwo schreit ein Kind. Hat es sich geschnitten? Johnny steht auf und stolpert über ein anderes Kind. Alles okay? Alles okay. Dann gehen die Kinder mit ihren Schiffen ins Bad und lassen Wasser ein. Die Kastanienschalen sind die Boote, die Beeren sind Bojen, und aus Papier haben sie Menschen und Tiere gebastelt. Alles schwimmt, auch mein Bad. In meiner Wohnung liegen Späne und Heu, überall Heu. Wo kommt eigentlich das Heu her? Die Kaninchen, das müssen die Kaninchen gewesen sein. Die haben ihr Bergwiesenheu verstreut. Oder es sind die Grasbrösel vom Grasrauchen, die von allen Seiten des Tisches rieseln. Unterm Tisch sind grüne Häufchen, die von den besockten Füßen gleichmäßig verteilt werden. Ein Grasteppich. Wie schön. Wo sind denn die Kaninchen? Ah, die schlafen langgestreckt in der Ecke, haben wohl vom Gras genascht. Der Küchenboden ist bedeckt mit Knödelteig. Mein Kind kommt angelaufen und zeigt eine Liste: 36 Boote, 51 Bojen, 12 Menschen, 4 Hunde, 6 Katzen. Die sind alle ertrunken, sagt es. Bestatten, sagt Johnny, die müssen bestattet werden. Was ist bestattet? Na beerdigt, aber bei den

Seeleuten werden die Leichen nicht beerdigt, sondern ins Wasser geworfen, Wasserbestattung. Es gibt auch Feuerbestattungen, sagt Jette. Davon ist mein Kind sofort begeistert. Es rennt ins Bad und ruft: Wir machen eine Feuerbestattung.

Am nächsten Morgen treiben sie immer noch in der trüben Flut: 12 Leichen, 4 tote Hunde und 6 tote Katzen. Ebenso die 51 aufgeweichten Bojen und die gekenterten Schiffe.[54] Die Gäste sind verschwunden, Roman auch. Felix und Luise sind wieder erwacht und nagen an Kastanienspänen rum. Zu meinem Kind sage ich: Weißt du was, wir machen uns heute mal einen ganz faulen Tag. Oh ja, sagt es. Und nebenbei machen wir die ganze Wohnung sauber, sage ich. Aber dann ist es doch kein fauler Tag, Mama. Macht nichts, wir verraten's einfach niemandem. Es ist einverstanden. Allerdings schaffen wir nur Küche und Bad.

54 Heidewitzka, Herr Kapitän

73

Felix ist über Nacht krank geworden und schnupft rum. Wir können ja mit der S-Bahn zum Gesundbrunnen fahren, schlägt das Kind vor. Aber offensichtlich hat Felix nur das Gras nicht recht vertragen, denn am nächsten Tag ist er wieder gesund.

74

Es klingelt. Horst. Horst ist am Wochenende ausgezogen. Mensch Horst, wie ist es denn in Pankow? Ich war zufällig in der Gegend, sagt Horst, und wollte mal vorbeischauen. Komm rein, sage ich und stelle einen Teller Gebäck vor ihn hin. Die Uschi ist noch nicht mal richtig alkoholkrank, sagt Horst, vor die kannst du eine Flasche Schnaps hinstellen, das trinkt die nicht. Die trinkt nur Becksbier, immer nur Becksbier. Becksbier! Becksbier! Becksbier! Immer nur Becksbier.
Bereits beim Umzug kam es zu lauten Streitereien zwischen Uschi und Horst. Die kam schon betrunken an, sagt Horst, zum Umzug, betrunken! Beim Umzug zerschlug sie sein Aquarium. Ein Wasserschaden und vierzig tote Fische. Tränen steigen ihm in die Augen. Sofort sehe ich vierzig kleine Holzkreuze vor mir. Aber die Frösche habe er retten können. Die Frösche hat er gerettet und nach Pankow umgezogen. Und Uschi ist jetzt weg, keiner weiß, wo sie gerade ihre Becksbiere trinkt. Horst hat ihre Möbel zwar noch umgezogen, aber nicht mehr in die neue Wohnung hinaufgetragen, sondern dort in Pankow vor dem bürgerlichen Haus auf der Straße abgestellt, wo sie womöglich heute noch stehen, so wie ihr Fahrrad vor unserem Haus.

75

Stille Nacht. Stiller Tag. Ich bin allein und fühle mich auch so. Schnell tippe ich Romans Nummer ins Telefon. Er ist da, hat aber keine Zeit, mit mir zu sprechen, weil er gerade frühstücke. Aha. Ich ruf dich später zurück, sagt er.
Ich sitze auf meinem Sofa, das mal weiß war, und warte. Die Kaninchen hüpfen vor mir rum, aber hauptsächlich vor meinem Kind her. Sie haben bereits die halbe Kinderzimmertapete abgeschält. Das Kind hält mir einen Tapetenschnipsel vors Gesicht. Seit einiger Zeit kacken sie in ihren Futternapf. Was ist denn mit den Kaninchen los? Die rote Kaninchentoilette wird verschmäht. Anfangs wurde sie von Felix noch als Schlafplatz verwendet, dann aber muss Luise ihn aufgewiegelt haben, denn zu zweit kippen sie das Ding immer wieder aus ihrem Käfig heraus. Das ist Protest. Nur gegen was? Oder sind das die einsetzenden Triebe? Felix ist halb so groß wie Luise. Ob das gut geht? Außerdem habe ich den Verdacht, dass es sich bei Luise um das Männchen handelt, denn sie schnuppert sehr aufdringlich an Felix rum, der dann Haken schlagend davon hüpft. Ich schaue Luise zum ersten Mal als Männchen an. Die sieht ja völlig anders aus. Dann ist Felix das Weibchen. Ich will Kaninchenbabys haben.
Das Telefon klingelt. Ich drücke den grünen Knopf meines schnurlosen Telefons. Meine Mutter ist dran. Ich hätte es wissen können. Telefonate mit meiner Mutter kündigen sich immer an, weil sie sich schon Tage vorher bei meinem Anrufbeantworter beschwert, dass ich mich nicht melde, und wo ich denn eigentlich stecke.
Hallo, ich bin's, die Mama, sagt sie, wie geht's dir eigentlich, fragt sie, du meldest dich ja gar nicht, klagt sie, die Stimme meiner Mutter, wo steckst du denn? Wo soll ich denn stecken, sage ich, und rubbel an

dem walnussgroßen schwarzen Tintenfleck auf der Sitzfläche meines Sofas, das mal weiß war.

Meine Mutter hat mich erwischt und drangekriegt und will hören, dass es mir gut geht, weil ich einen netten jungen Mann kennen gelernt habe, der viel Geld verdient, oder weil ich eine feste Anstellung[55] gefunden habe, bei der ich viel Geld verdiene.

Wenn meine Mutter anruft, will sie Zahlen hören. Wir befragen uns gegenseitig nach dem Befinden, aber in Wirklichkeit versucht sie damit, die Frage nach dem Geld weiträumig zu umkreisen. Ich umkreise den schwarzen Tintenfleck mit dem Fingernagel und sage: Gut, es geht mir gut. Meinen Fuß stelle ich neben einen Rotweinfleck auf der Armlehne meines Sofas. Da ich weiß, dass mein *es geht mir gut* die nicht gestellte Frage meiner Mutter nicht beantwortet hat, ergänze ich es mit *sehr gut sogar*, was aber auch nichts nützt, weshalb ich gleich selbst zum Thema Geld komme und verkünde, dass ich zur Zeit sehr viel Geld spare, weil ich lese. Am anderen Ende der Leitung wird geseufzt. Na, lesen spart Geld, sage ich, denn statt zu lesen, könnte ich auch in der Kneipe sitzen und Bier trinken. Ich ginge etwa um zweiundzwanzig Uhr ins Bett und läse bis Mitternacht, in der Zeit könnte ich locker vier Biere für zehn Euro (ohne Trinkgeld) trinken. Dadurch spare ich täglich zehn Euro, das macht pro Woche siebzig und im Monat dreihundert. Dreihundert Euro, sage ich zu meiner Mutter. Aber Bücher sind doch auch teuer, sagt meine Mutter zu mir. Stimmt, auch das Lesen kostet Geld, wenn man sich die Bücher kauft, was ich tue, aber ein Taschenbuch kostet ebenfalls zehn Euro, hält aber mindestens drei Tage, sage ich. Meine Mutter ist mit dieser Rechnung nicht zufrieden. Ich stelle meinen Fuß genau auf den Rotweinfleck, bedecke mit dem Ellbogen einen kleinen Blutfleck auf der Rückenlehne meines ehemals weißen Sofas und schnappe mir meinen vorbeihüpfenden Sohn. Sag der Oma mal Hallo. Dabei zwinge

55 Der Vorteil einer Festanstellung ist die Festanstellung.

ich ihn, neben mir auf der anderen grauen Sitzkuhle Platz zu nehmen. Während des Telefonats mit der Oma gräbt er mit der freien Hand zwischen den Sitzpolstern. Dort findet er Autos, Legoteile, Hasenköttel, Fernbedienungen und Sand. Er schaufelt Sand herauf und kippt ihn auf mein Sofa, das mal weiß war.

Ich habe überall Sand. Sand auf dem Fußboden, Sand im Badezimmer, Sand in der Dusche, Sand im Bett, Sand auf dem Tisch, Sand in den Schuhen, Sand im Rucksack, Sand im Essen, Sand in den Hosentaschen, Sand, der an den Füßen klebt, Sand in der Waschmaschine, Sand in der Hand und Sand im Klo. Es ist Sand vom Kinderladen, Sand vom Spielplatz am Boxhagener Platz, Sand vom Spielplatz in der Wuhlheide, Sand vom Spielplatz am Traveplatz, Sand vom Indianerspielplatz im Volkspark Friedrichshain.

Mein Sohn hält mir den Hörer wieder hin. Gerne würde ich meiner Mutter weiter vorrechnen, dass ich beim Lesen eigentlich noch viel mehr sparen könnte, wenn ich unterdessen nicht nur kein Bier tränke, sondern weder Essen noch ins Kino ginge, aber sie sagt: Stell dir vor, wer gestorben ist.

Während sie mir erzählt, wer gestorben ist, und ich versuche, mir das vorzustellen, habe ich den Sand von der Sitzfläche meines Sofas, das mal weiß war, auf meine Hand geschoben und zum Mülleimer getragen. Ich sollte mal wieder putzen, denke ich und frage: Wann kommt ihr uns mal wieder besuchen? Ach, du weißt ja, der Papa, sagt sie. Und ich weiß ja, der Papa muss immer so viel arbeiten, damit er viel Geld verdient und sage: wir kommen bald runter, an Weihnachten. Genau Weihnachten, deshalb hat sie angerufen. Kommt ihr an Weihnachten? Ja, wir kommen. Weil sie es wissen muss, sagt sie. Am ersten oder am zweiten Feiertag? Ich weiß noch nicht. Was wünscht sich denn der Kleine? Oh, das muss ich mal überlegen, vielleicht den Playmobil-Flughafen. Sag mir rechtzeitig Bescheid. Ich sag dir Bescheid und sag an alle viele Grüße. Ja, sagt sie, mach's gut und melde dich. Tschüss. Tschüss. Tschüss. Sofort rufe ich Roman wieder an.

Ich hab grad Besuch, sagt er. Wie Besuch? Na Besuch halt. Wie heißt sie? Maja. Tschüss. Tschüss.
Mama, was ist denn mit dir? Ach nichts, ich bin nur gelähmt, sage ich und starre auf mein Kind, das mit den wiedergefundenen Legoteilen die Berliner Mauer aufbaut. Warum bist du gelähmt? Quatsch, ich bin nicht gelähmt, nur müde. Plötzlich bin ich unglaublich müde. Ich muss mich mal kurz hinlegen. Darf ich gucken? Klar guck halt. Das Kind wirft sich aufs Sofa, schnappt nach der Fernbedienung und schnippt den Fernseher an. Während es Stunde um Stunde in den Fernseher hineinschaut, liege ich wach oder schlafe oder liege wach. Warum ist er jetzt nicht hier? Ich will Liebesnächte haben, keine Sexnächte. Liebesnächte mit Roman. Verschmelzung. Eins sein. Küss mich, lieb mich, leck mich, hau mich! Und geh nie wieder weg. Wer ist überhaupt Maja?
Ich stehe auf, um das Telefon ins Bett zu holen. Das Kind macht vor Schreck den Fernseher aus. Du darfst ruhig weitergucken. Auch Dragonball Z? Auch Dragonball Z. Ich liege wieder im Bett und weine aufs Telefon. Er ruft nicht an. Ich bin schuld. Ich Depp. Ich Arschloch. Ich Sau.
Ich springe wieder auf, denn ich will eine Liebesmail schreiben.
Der Fernseher läuft, das Kind ist eingeschlafen. Von der Fernsehmarter übermannt, liegt es mit dem Rücken auf der Sitzfläche, die Beine an der Wand hochgestreckt, das Gesicht und die Hände hängen vorne runter. Es muss die letzten Sendungen auf dem Kopf gesehen haben. Ich bringe es ins Bett. Ohne Zähneputzen.
Dann setze ich mich vor den Fernseher. Projekt Peacemaker. Ein Mann rächt sich an der Welt und will New York mit einer Atombombe sprengen. George Clooney und Nicole Kidman. Und die Musik von Hans Zimmer. Die lenkt total ab. Als sich der Attentäter mal ans Piano setzt, hört man ein ganzes Orchester. Kann denn keiner diese Musik abschalten? Nein, macht keiner. Ich zappe weiter zu Armageddon. Bruce Willis und Mister Pink. Ein Propagandafilm. Zapp.

Ein Krimi. Großstadt. Regen. Jemand flieht, ein anderer verfolgt. Der Verfolgte rennt in die Sackgasse, sagt was, wird abgestochen und verblutet zur Leiche. Zapp zur Soap. Sie: Ich liebe dich. Er: Ich liebe dich auch. Sie: Lass uns doch noch mal von vorne beginnen. Wir haben eine Chance. Er: Wir werden diese Liebe nicht aufs Spiel setzen. Und dann küssen sie sich. Echt. Mit Zunge. Ich greife zum Telefon. Er geht ran. Hallo? Hallo? Er lacht. Ist sie weg? Wer? Na Maja. Ja, die ist weg, schon lange. Warum hast du nicht zurückgerufen? Ich war halt grad beschäftigt. Willst du mich verlassen? Wie, verlassen, ich denke, wir sind gar nicht zusammen. Bist du verliebt? In wen? Na in Maja. Ach so Maja, nee, aber macht Spaß mit ihr. Und was ist mit mir? Was ist denn mit dir? Ich liebe dich. Was? Ich liebe dich. Du spinnst. Bitte, bitte, komm zu mir. Jetzt? Ja. Jetzt? Ja! Nee du, das ist mir zu spät, aber morgen komm ich zu dir. Wenn du jetzt nicht kommst, dann setzt du diese Liebe aufs Spiel. Was ist denn auf einmal los, das sind ja ganz neue Töne, seit wann liebst du mich denn? Schon immer, ich hab's nur nicht gemerkt. Das bildest du dir ein, nur weil ich noch mit anderen Frauen Sex habe. Wie viele sind's denn? Ist doch egal. Nein! Du bist eifersüchtig. Nein, ich liebe dich, lass uns noch mal von vorne beginnen, wir haben eine Chance! Hör mal, es ist jetzt nach ein Uhr, und ich bleibe zu Hause. Oh bitte, komm jetzt. Wenn du willst, komme ich morgen zu dir, ich koch auch was Schönes. Hast du überhaupt noch einen Termin frei? Jetzt hör aber mal auf. Ich komme morgen und jetzt schlaf einfach, leg dich hin und überleg dir das noch mal mit der Liebe. Da gibt's nichts zu überlegen, du Arschloch. Okay Baby, dann schlaf gut, morgen bin ich bei dir, sagt er und legt auf. Er hat Baby zu mir gesagt. Na gut, dann schlaf ich halt, ich Süße.

76

Das Kind behauptet, die Kaninchen würden nie gähnen. Quatsch, das kann nicht sein. Doch, sagt es, das stimmt. Das wollen wir doch mal sehen.

Felix und Luise dösen eng aneinander liegend im Käfig. Mein Kind und ich dösen davor. Da! ruft das Kind, aber Luise hat sich nur kurz erhoben und gestreckt. Gegähnt hat sie nicht. Dafür gähnen wir. Als wir wieder aufwachen, werden wir von den Kaninchen an allen freiliegenden Hautstellen abgeleckt. An den Fußknöcheln, an den Händen und im Gesicht. Mein Kind kickt vor Schreck den kleinen Felix in die Ecke, wo er sofort wieder mit seiner Hasenarbeit beginnt. An dieser Ecke haben sie nicht nur die Tapete entfernt, sondern bereits ein beachtliches Loch ins Gemäuer gegraben. Jetzt ist alles klar. Die beiden wollen ausbrechen. Aber Felix, sage ich, so landet ihr doch nur in der Nachbarwohnung. Aber vielleicht wohnt dort auch ein Kaninchen, sagt mein Kind. Stimmt, das könnte sein. Alle Hasenhaustiere graben Gänge in die Mauern und finden sich zu konspirativen Hasentreffen zusammen. Und irgendwann werden sie gemeinsam über ein Tunnelsystem ausbrechen. Deshalb haben sie auch die Donald-Duck-Bücher aufgefressen. Erst haben sie sich bei den Panzerknackern inspiriert und dann das Beweismaterial vernichtet. Und die gefressenen Spiderman-Comics? Klar, da haben sie das Abseilen gelernt. Wahrscheinlich verschwinden die Kaninchen schon seit Wochen Nacht für Nacht und kehren unbemerkt am frühen Morgen wieder zurück. Und die Ratten am Alexanderplatz sind in Wirklichkeit Kaninchen. Schau mal Mama, jetzt haben sie auch mein Aufklärungsbuch angeknabbert. Oha, dann ist es wohl bald soweit. Und da, die Reichsbahnchronik. Oho. Und hier, Asterix bei den Schweizern. Oje.

77

Roman kommt. Wir umarmen uns lange. Ich beiße mich in seinem Hals fest bis er *aua* schreit. Auch das Kind freut sich, dass Roman wieder da ist, und quetscht sich zwischen uns. Roman zieht es hoch und tut so, als wolle er es küssen. Bäh, schreit das Kind und rennt weg. Ich lass dich nie mehr los. Na, da bin ich aber mal gespannt.
Roman küsst meine Brust. Lange und ausgiebig. Was machst du, frage ich ihn. Ich habe Sex mit deiner Brust. Und, gefällt's der Brust? Am Anfang wusste sie nicht so recht, aber jetzt gefällt's ihr ziemlich gut. Mach weiter, ich glaube meine Brust will noch mehr Sex haben. Dann macht er weiter. Bald hat nicht nur meine Brust sondern mein ganzer Körper Sex. Sein Körper auch. Aber irgendwann muss sein Körper wieder aufhören damit. Küss meinen Arsch noch ein bisschen, sage ich. Er tut's, genau so wie ich es will. Mein Bauch ist ganz heiß. Leck mir den Bauch. Wo genau? Da und da und da und da. Das ist aber eine große Fläche. Ich hab halt einen großen Bauch. Okay, ich mach's. Quatsch, lass sein. Doch. Nein. Doch. Hilfe! Er leckt exakt alle Stellen ab, und ich lasse mir original von seinen Fingern einen runterholen.
Roman bleibt bei uns. Roman bleibt, bis wir in den überfüllten Weihnachtszug gen Süden steigen. Tschüss, mein Liebster. Tschüss, meine Liebe. Tschüss.

78

Mein Kind und ich fahren zum Fest der Liebe in den Odenwald. Eine lange Fahrt im überfüllten ICE. Ich hätte reservieren sollen. Aber mein Kind findet den Platz auf dem Fußboden großartig. Also gut.
Sobald wir eingetroffen sind und vom Bahnhof durch die verregneten Dorfstraßen chauffiert werden, während das Radio die größten Hits der 60er, 70er und 80er spielt, bin ich deprimiert. Ich fühle mich in meine Jugend zurückversetzt, kann mich aber an nichts erinnern. Ich steige aus dem Auto, betrete die elterliche Wohnung und wachse sofort auf einem Stuhl fest, wo ich beginne zu essen. Iss doch noch was. Die Esstätigkeit übe ich so lange aus, und auf Familienfesten gibt es bekanntlich viel Fleisch und viele Kuchen, bis ich fett wie Ottfried Fischer wieder nach Berlin reisen darf.
Und dann die alten Ordnungssysteme. Ich drinnen, die Natur draußen. Der Odenwald, wo der Hoden knallt, sagt meine Freundin mit der roten Brille immer, denn sie ist eine große Dichterin. Noch vier Tage.
Bei jedem Fest muss man sich mit den neuen Lebenspartnern der Verwandtschaft auseinandersetzen. Der Trend geht hin zur Zweit- und Drittfamilie. Roman werde ich der Familie vorenthalten.
Das Kind amüsiert sich prächtig. Die vielen Kinder, die vielen Süßigkeiten und das viele Fernsehen.
Ich sitze tagelang auf meinem Stuhl, esse, schaue auf den Fernseher und beantworte Fragen *wie warum kochst du so viel Tee, wenn du ihn hinterher nicht trinkst?* Noch drei Tage.
Und die großen Weihnachtsfilme im Fernsehen und natürlich die Weihnachtsgeschenke. Viele Geschenke. Große Geschenke. Mein Kind bekommt den kompletten Playmobil-Flughafen. Mit Flugzeug, Gepäckwagen, Servicewagen und Taxi. Es freut sich riesig, darf aber

gar nicht alles aufbauen, weil wie sollen wir das dann in den Zug kriegen? Das ist ihm doch egal. Ja gut, aber mir nicht. Noch zwei Tage. Bei den Stars in der Manege am letzten Fernsehfeiertag lasse ich bei einem Teller Schwarzweißgebäck von Muttern das Fest noch mal Revue passieren:

Gestern ist Leonardo Di Caprio im Eismeer versunken, und dann bauten sie eine OAB[56] und retteten damit Los Angeles, weil der beste Pilot der Schwager des Wissenschaftlers ist, dessen Schwester gerade fast starb, weil sie von SAA[57] halbtot gebissen wurde. Und am Independence Day ist der Präsident persönlich ins Flugzeug gestiegen, um die finale Rakete abzuschießen. Rettung durch RTL.

Heute werden traditionellerweise im Öffentlich-Rechtlichen zwölf ausgewachsene Kamele von einem Prominenten durch die Manege gepeitscht.

Sauerbraten. Spritzgebäck.[58]

Hallahi. Hallaho. Hallahopsassa.

Noch ein Tag. Fertig.

Berlin Berlin. Mit der Bahn und dem kompletten Flughafenset von Playmobil reise ich wieder heim. Das Kind bleibt zum Jahreswechsel beim Papa.

Unterwegs muss ich wieder auf dem ICE-Teppich sitzen und werde ganz schön beneidet wegen der fünf großen blauen Pakete. Dann vom vielen Kuchen einen Pickel am Hintern gehabt und den ganzen Tag draufgesessen oder eben nicht draufgesessen und ganz krumm geworden dabei. Ab sofort geht nur noch liegen.

56 Ozon-Auffüll-Bombe
57 Spinne auf Arm
58 Sprutzgebück. Spratztgebackt.

79

Als nächstes kommt das Wundliegen. Und Silvester.

Vor einem Jahr war auch schon Silvester, und damals trug ich eine Flasche Wodka im Rucksack, die ich nach Mitternacht auf irgendeiner Party, in die ich zufällig hineingeraten war, aufmachte. Quantitativ ist Wodka aus der Flasche aber nicht überschaubar, weshalb ich binnen kürzester Zeit volltrunken[59] gewesen sein muss. Erinnern

59 Wodka kommt gut. Dann kommt Wodka, Wodka, Wodka. Fünf Wodka oder so sechs Vozka oder was. Baby lass uns tanzen. Oooohh, I wanna touch the sky, I wanna fly so high. Wodka Nummer acht? Jetzt hab Acht. LACHT LACHT Boah. Hallo? Jethumpfhumpfhumpf. Ja. Nahain! Geh weg. Wer? Aua. Was? Ich bin ich bin ich bin ich bin ich bin ich bin ich bin. Ein Gesicht. Die Wand. Aua. Was? Wodka. ÜÜÜÜÜÜÜÜÜÜÜÜÜÜÜÜÜÜÜÜÜÜÜÜÜÜÜÜÜÜÜÜÜÜÜÜÜÜ ÜÜÜÜÜÜÜÜÜÜÜÜÖÖÖÖÖÖÖÖÖÖÖÖÖÖÖÖÖÖÖÖÖÖÖÖ ÖÖÖÄÄÄÄÄÄÄÄÄÄÄÄÄÄÄÄÄÄÄÄÄÄÄÄÄÄÄÄÄÄÄÄÄÄÄÄ ÄIIIIIIIIIIIIIIIIIIIIIIIIIIII Umpfumpfumpfumpfumpf. Knall. Aua. Nein. Ich will nicht. Kann mich nicht. Hilfe. Wo sind? Was ist? Wer ist wo? Warum. Scheiße. Geh weg, ich beschwer mich bimm Hausmeister. NNNNNNNNNN NNNNNN Das darf nicht. Der fasst mich. DU Sau. Ich nicht! Weg. Nein ich bin nicht schön. Ich geh heim. AAAAAAAAAAAAAAAAAAAAAAAAAAAAAA AAAAAAAAAAA Wo sind? Ich geh. BEEEEEEEEEEEE Die Tür. Die Treppe runterfallen. CEEEEEEEEEEE. Kontrolleeeeeeeeeeeeeeeeeeeeeeeeeee! Wer? Draußen. Alles schwimmt, alles ist gefroren. Ich falle. Aua. Weg. Mein Weg. Straßenbahn. Rein. Zu voll. Wenn die was merken. Bimsstrasse. Tschuldigung. Raus. Ausgerutscht. Aua. Noch mal. Warumläuftsndusonezickzack? MMMM MMMMMM Hmj. Taxi. Hmj. MMMMMMMMMMM. Hmj. Hmj. Hmj. Hmj. Dasdashilft. Bonbon verschluckt. Schluckauf weg. Heim. Da. Rein. Da. Geht's? Stimmt. Ja. JJJJJJJJJJJJJJJJJJJJJJJJJJJJ Schlüssel passt. Rein runter nee rauf rein. Peng. MMMMMMMMMMMMMMMMMMMM Doch nur Hände waschen. Da ist Blut. Aua. Mein Bett. Aua. NNNNNNNNNNNNNNNNNNNNNNNNNNNNNNNNNNNNNNNN NNNNNNNNNINININININININININININININININININNENENENENENENENEN ENENENENENENENENDE

kann ich mich nicht. Geblieben waren mir ein paar Fragmente und die Verletzungen. Meine rechte Hand war aufgeschlitzt, überall Prellungen und am Rücken, dort wo sich das Schulterblatt an die Haut drückt, schmerzte eine Platzwunde, in die sich mein ohnehin schon roter Partypulli hinein geklebt hatte. Erfolgreiche Gehirnbekämpfung mit kleinen Verlusten.
Roman spricht von einer Filmerparty, auf der man mal kurz vorbeischauen sollte. Aber ich hasse Filmer, und ich hasse Filmerpartys. Schauspieler, Drehbuchautoren, Regisseure, Produzenten. Mit dem Blick hinter die Kulissen verliert alles an Kraft und Schönheit.
Einmal schon war ich mit meiner Freundin in eine Filmerparty hineingeraten. Wir tranken maßlos. Und irgendwann wollte sie alle zusammenschlagen, die Unsinn redeten. Da davon sehr viele anwesend waren, bekam sie große Probleme und später Lokalverbot. Faschist hat man ihr noch hinterhergerufen, und ich habe schleunigst mit Adolf Hitler die Party wieder verlassen.
Ich bleibe heute alleine zuhause. Bis halb zehn. Dann ruft Roman an, soll ich zu dir kommen? Nein, ich komme zu dir, sage ich und mache mich auf den Weg. Außer mir sind noch viele Jugendliche unterwegs, um Böller statt Brot zu schmeißen. Auf die Strasse, in U-Bahn-Schächte und auf mich drauf. Kaum vor die Tür getreten, bin ich schon auf der Flucht. Bei jeder Detonation zucke ich zusammen, und innerhalb von zehn Minuten bin ich den Tränen nahe. Nur die U-Bahn naht noch nicht. Da kommt eine, es ist die falsche. Egal. Rein. Einsteigen bitte. Zurückbleiben bitte. Drin. Genau jetzt kommt auf dem Gleis gegenüber die richtige Bahn. Ich renne zur verschlossenen Tür und klopfe mit den Fäusten drauf rum. Leck mich doch am Arsch! Wat issnn hier los? Scheiße. Noch zwei Stunden zum Jahreswechsel, und ich sitze vollkommen aufgelöst in der falschen U-Bahn.
Ich hätte doch zu dir kommen sollen, sagt Roman. Wusstest du, dass man mich bewerfen wird? Ja, das wusste er, und zum Trost flößt er mir ein großes Glas Rotwein ein. Sogar gekocht hat er. Nach dem

Essen ist kurz vor zwölf, und wir nehmen ein Taxi zur Filmerparty. Hallo, das ist Roman und das ist Romans Freundin. Hallo Roman, hallo Romans Freundin. Die Filmerinnen und Filmer sehen sehr gut aus. Und ich stehe da, ungeschminkt, mit Jeans, T-Shirt, Strickjacke und Kinderschuhen. Eine etwas ältere Frau, die ich schon von anderen Partys kenne, hat gerade zum fünften Mal *Hallo* gesagt. Wir sind die Einzigen, die sie kennt. Sie geht zackig zwischen den Partygästen umher und tut so, als würde sie, Sektglas voraus, jemanden ganz speziellen ansteuern. Roman und ich beschließen ein Spiel. Du bleibst alleine hier stehen, und innerhalb von zwei Minuten wirst du angesprochen, sagt er. Ich wette dagegen, stelle mich auf Position und nippe am Sekt. Innerhalb von zwei Minuten werde ich angesprochen. Ein Geschäftsmann aus dem Ruhrpott. Prost. Prost. Wer hat dich denn hier reingestellt, frage ich, nachdem er erzählt hat, er würde überhaupt niemanden kennen. Dann kennt er doch jemanden, die gutaussehende Gastgeberfilmerin im roten Samtkleidchen, die jetzt aber überhaupt keine Zeit hat. Oh, das tut mir leid. Und du? Ich sei total berühmt, behaupte ich. Der Herr ist interessiert. Da kommt die etwas ältere Frau, meine einzige Bekannte, Sektglas voraus, und übernimmt: Wir kennen uns doch vom ZDF. ZDF? ZDF. Nein. Nein? Ich ziehe mich zurück. Mitternacht war schon.
Roman und Romans Freundin verschwinden heimlich von der Filmerparty. Ab nach Hause. Die Explosionen stören mich jetzt nicht mehr und mitten im Bombenhagel haben wir bombastischen Sex.
Was sieht er denn von seinem Gesicht da oben? Schaut er mir auf den Pickel? Oder betrachtet er meinen Rücken? Hält er die Augen geschlossen und seinen Kopf im Nacken? Egal.

Zukunft 1

Ich werde Roman heiraten.
Roman, ich könnte dich ja heiraten, sage ich beim Bier in der Kneipe. Ich werde mir einen Bombenjob suchen und reich werden, und du wirst mein Hausmann.
Mein Vater sagt ja immer *bei deiner Begabung könntest du so viel Geld verdienen*. Bei meiner Begabung. Ich bin total begabt, also her mit dem Geld. Was ich kann? Ich kann mir Zahlen merken: 618260261624853290049702935197061857839671463624325768723633672463298807606537650283519648185904136300627164971216403590292829237414041127402486615434638457724627652512380167461424514167661100500001102167381600501012209662803390505391609682706680703663010709871888711210247104351043710999747227473175186800691183369676961, außerdem Gesichter und Namen.
Roman ist vollkommen begeistert von der Idee zu heiraten, und wir verloben uns an Ort und Stelle. Er ist einverstanden, mein Hausmann zu werden und bestellt sich einen doppelten Wodka. Wir stoßen mit meiner Freundin mit der roten Brille auf die Verlobung an. Prost. Prost. Prost. Auf euch. Auf uns. Ja. Roman bestellt sich einen zweiten doppelten Wodka. Ich könnte ihm den Wodka einfach wegtrinken, aber das ist auch keine Lösung.
Mein lieber Verlobter, frage ich meinen Verlobten, was ist denn eigentlich mit Maja?
Was soll denn mit Maja sein, meine liebe Verlobte?
Läuft da noch was?
Och ja, ab und zu schlafen wir miteinander, sagt mein Verlobter, aber Maja bedeutet mir nichts.
Ich würde aber nicht mit jemandem schlafen, der mir nichts bedeutet, behaupte ich und verlange, dass er diese Verbindung nun löst.

Ich sag's ihr morgen, sagt er.
Wie, morgen?
Naja, morgen kommt sie noch mal.
Du hast dich gerade verlobt und wirst morgen mit einer anderen Frau schlafen?
Naja, ich hab schon zugesagt, ich bin verabredet.
Aha, und weil du verabredet bist, musst du morgen also noch mal ran?
Um abzusagen, ist es zu spät.
Ich verlobe mich mit dir, und morgen schläfst du mit einer anderen Frau?
Morgen werde ich es ihr sagen, dass ich verlobt bin.
Hinterher?
Was weiß ich, Maja bedeutet mir nichts.
Ich würde nicht mit jemandem schlafen, der mir nichts bedeutet.
Ich beende das mit Maja, morgen, sagt Roman und bestellt eine Lokalrunde Wodka.
Ich gehe jetzt, sage ich.
Warum?
Nur so. Roman leckt mir die ringlosen Finger ab, dann gehe ich wirklich. Dem Taxifahrer erzähle ich von meiner Verlobung. Glückwunsch. Und wo ist der Verlobte? Der betrinkt sich. Ach so. Ich lasse mich vom Taxifahrer schon an der Ecke absetzen um zehn Cent zu sparen, die aber beim Trinkgeld wieder draufgehen. Egal.
Am nächsten Morgen rufe ich meinen Verlobten an: Ich verlange nicht, dass du Schluss machst mit Maja, dafür kann ich die Verantwortung nicht übernehmen. Roman sagt: Ich werde es Maja sagen. Was? Er denkt nicht dran, die Verabredung abzusagen.
Den Tag verbringe ich spielend mit dem Kind, während jede Menge Kaninchen um uns herumspringen. Die Nacht ist anstrengend. Wilde Träume von einer Wohnung voller Stewardessen, aus der aber nur ich raus muss, weil Maja kommt. Ich schaue auf die Uhr. Null Uhr

neunundfünfzig. Warum wache ich gerade jetzt auf? Wahrscheinlich hat er soeben abgespritzt. Intuition. Ich mache das Fenster auf, und der Vollmond scheint auf mein Bett. Roman liegt jetzt in diesem Moment auf einer anderen Frau statt auf mir. Dann liege ich auf meinem Bett zwei Stunden wach, um danach noch mal von Maja zu träumen oder von umkippenden Häusern, in denen ich mich mit meinem Kind aufhalte, das beinahe von umherfliegenden Fernsehgeräten erschlagen wird.

Die Sache mit der Verlobung war ein Riesenfehler, sage ich zu Roman, als er mich um dreizehn Uhr endlich mit einem Telefonanruf erlöst.

Nein, war es nicht.

Hast du es ihr gesagt?

Nein, ich werde es ihr schreiben.

Du hast also kein Wort gesagt, sondern die Sache einfach durchgezogen.

Machst du mir jetzt Vorwürfe?

Nein, mache ich nicht, deshalb lege ich jetzt sofort auf, sage ich und lege sofort auf. Zum Glück ist das Kind vorhin in seine Fußballkleidung geschlüpft und mit dem Ball unterm Arm Richtung Sportplatz verschwunden. Mama, wie hat eigentlich Oliver Kahn als Kind geheißen, hat es mich gefragt. Oliver Kahn. Also Oliver Kahn hat als Kind auch schon Oliver Kahn geheißen. Darüber denkt es jetzt nach, während es von Tor zu Tor stürmt. Ich sitze zu Hause und denke, dass Roman gleich vor der Tür stehen wird, weil er sonst noch mal angerufen hätte. Es klingelt. Mein Verlobter steht draußen. Wegen seiner roten Augen könnte man ihm unterstellen, er hätte unterwegs reumütig geweint, aber ich weiß, dass genau so ein Kater aussieht.

Habt ihr euch vorher betrinken müssen?

Maja hatte eine Flasche Whisky dabei.

Na toll.

Es tut mir leid.

Was tut dir leid?
Das war ein Fehler.
Was war ein Fehler?
1. Du verlobst dich, und schläfst tags drauf mit einer anderen Frau.
2. Du verlobst dich und sagst diese Verabredung mit der anderen Frau nicht ab.
3. Die Verabredung kommt, und du sagst es ihr nicht.
4. Die Verabredung geht, und du hast es ihr nicht gesagt.
Das Gesetz der Serie, sagt Roman, um mich aufzuheitern. Das klappt aber nicht. Ständig reibt er sich die roten Augen.
Warum hast du es ihr nicht gesagt?
Weil ich feige bin.
Aha, aus Feigheit ficken.
Ich hab's nicht gewusst, dass du mich auf einmal liebst. Ich dachte, das mit der Verlobung ist ein Scherz von dir. Wie hätte ich denn wissen können, dass du mich auf einmal liebst, sagt er ununterbrochen, du weißt doch genau, sagt er, dass ich nur dich liebe. Ich liebe dich. Ich liebe dich. Ich liebe dich. Maja bedeutet mir nichts. Maja bedeutet mir nichts.
Ja, ich weiß.
Dann setzt er sich an den Computer und schreibt die Abschiedsmail, und ich soll mir das durchlesen. Ich setze mich auch noch dazu und schreibe den Brief um, weil er voller Platituden steckt. Ich mag dich. Verzeih mir. Lass uns Freunde bleiben. Und so weiter. Als die Mail weggeschickt ist, legt er sich in die Badewanne. Das reinigt die Seele, sagt er, und als er aus dem Bad kommt, sind die roten Augen und das gedunsene Whiskygesicht verschwunden. Das Kind kriegt was zu essen und wird ins Bett geschickt.
Ich will mit Roman schlafen, aber es geht nicht, obwohl der Mond schon wieder aufs Bett scheint. Ich bin verletzt, sage ich zu Roman, schwer verletzt, da, schau dir den Mond an, der war gestern genauso, und du warst nicht hier, was hast du vor vierundzwanzig Stunden ge-

macht? Oh, Schatz, sagt er und will mich mundtot küssen, Schluss mit der Diskussion. Aber so kommt er mir nicht davon.
Das mit der Verlobung war ein Riesenfehler.
Nein, war es nicht.
Warum willst du mich heiraten?
Weil ich dich liebe.
Ob er denn wisse, was es bedeute, Hausmann zu sein. Dass das Kind morgens wegzubringen sei, die Wäsche gewaschen sein müsse[60] die Fenster geputzt, eingekauft, gekocht.
Ja, ich weiß.
Bist du schon mal auf die Idee gekommen morgens aufzustehen, um das Kind wegzubringen?
Nein.
Dann mach dich mal mit dem Gedanken vertraut.
Ja, du wirst dich wundern, ich werde alles machen.
Dann heirate ich dich.
Ja, wir heiraten, und ich werde mit meinem Trauzeugen an der Hochzeit keinen Schnaps trinken.
Glaub ich dir nicht, du wirst trinken, weil du ihm das Trinken nicht abschlagen kannst. Aus Feigheit saufen. Das ist dein Charakter. Die Verlobung war ein Riesenfehler.
Nein, war sie nicht.
Doch, ich habe eine Zusage gemacht, und jetzt kommt alles wieder zu mir zurück. Vor zehn Jahren hätte ich schon heiraten können. Ich will nicht zu Hause warten, bis der Mann endlich heimkommt. Ich will nicht wissen, wann er sich die Fußnägel schneidet, und ob er ein Antischuppenshampoo benutzt. Ich will auch keine kuscheligen Fernsehabende verleben, will nicht an seiner Hand ins Lokal geführt werden.

60 Ich hab dir doch schon so oft gesagt, du sollst den Pulli so und nicht so aufhängen. Jetzt kann ich ihn wegschmeißen. Da, schmeiß ihn gleich weg. Weg, ab.

Ich will nicht, ich will nicht, ich will nicht. Und ich will ihn nicht an meinem starken Arm spazieren führen, wenn er in vierzig Jahren endlich impotent und zahm geworden ist.
Aber heute ist alles anders, sagt Roman.
Jetzt ist schon wieder null Uhr neunundfünfzig. An Schlaf ist nicht zu denken. Er riecht an meiner Haut, er atmet meinen Atem, er küsst mich, er liebt mich.
Ich heirate dich nur, wenn ich viel Geld verdiene und du mein Hausmann wirst.
Und wenn ich viel Geld verdiene?
Mit was könntest du viel Geld verdienen?
Darüber denken wir lange nach. Mir fällt dazu gar nichts ein. Ich bin dafür, dass er Hausmann wird.
Dann stellen wir uns das Haus am See vor. Roman bekommt ein Herrenzimmer, getrennte Schlafzimmer müssen sein. Wenn ich verheiratet bin, trinke ich automatisch weniger, sagt er. Trinke heimlich, sage ich. Und nie wieder werde er mit einer anderen Frau schlafen. Hör auf, sage ich, mach's heimlich, auf keinen Fall zu Hause. Okay. Okay. Wir heiraten. Ich mache den Bombenjob, du bist der Hausmann. Und wir beziehen zu dritt eine Villa am Müggelsee. Warum nicht am Wannsee? Meinetwegen auch am Wannsee.
Das Familienleben in der Villa am See nimmt plötzlich Formen an. Der eigene Strand, das Boot, die Sonnenblumen, die Wiese, das Freigehege für die Kaninchen, die Veranda, der Teepavillon, der Frühling, der Sommer, die Pubertät meines Sohnes. Werden wir noch ein Kind zeugen? Auf keinen Fall. Herbstspaziergänge auf nassem Laub. Riesige Schneemänner im Winter.
Partys, Empfänge, gedeckte Tafeln mit von Roman zubereiteten Delikatessen, weil sich am Wochenende die geistige Elite Deutschlands bei uns trifft. Gemeinsam diskutieren wir die Adelskonflikte in der Weimarer Republik oder die Deutsch-Polnischen Beziehungen vom Mittelalter bis zum Ausbruch des Zweiten Weltkriegs oder die

Dekonstruktion der Geschlechterrollen in Militärdiktaturen der Dritten Welt. Eben all die Dinge, über die Jungakademiker ihre Doktorarbeiten schreiben. Irgendwann sind wir eingeschlafen.
Um sechs Uhr schlüpft das Kind zu mir unter die Decke und will, dass ich aufstehe. Natürlich stehe ich auf. Der Verlobte schnarcht weiter. Natürlich.

Zukunft 2

Einige Stunden hätte ich schon Zeit, das Heim wieder zu richten, das die Familie gerade verlassen und in einem Zustand der Verwüstung für mich, die Hausfrau, zurückgelassen hat. Nach einigen Stunden bin ich, die Hausfrau, wieder Herrin über Unordnung und Staub geworden, denn alle Teller stehen im Schrank, und der Staub befindet sich dort, wo er hergekommen ist. Der Nullzustand. Die Zeit bleibt stehen. Vorsicht. Der Traum von der Erhaltung des Nullzustands darf nur kurz bleiben, denn sonst wird daraus eine Neurose. Eine ganz normale Neurose, wie man sie häufig bei Hausfrauen beobachten kann, die zum Beispiel bei Tisch keinem Gespräch mehr folgen können, da sie in ihren Hausfrauengedanken bereits eine perfekte Logistik des Geschirrabtragens und Spülens erarbeiten.

Nach der Erreichung des Nullzustandes verlasse ich das Haus, denn es bleibt noch Zeit zum Einkaufen. Ich bekomme von der Drogeriemarktkassiererin eine Probepackung Antifaltencreme geschenkt und erinnere mich an eine Freundin, die sich neulich von einer Probepackung Anticellulitiscreme in eine tiefe Krise hat stürzen lassen. Ich überlege, ob ich der Drogeriemarktverkäuferin das mir geschenkte Geschenk übel nehmen soll und komme zu dem Entschluss, der Drogeriemarktgeschäftsleitung in einem Brief vorzuschlagen, in Zukunft für ausgewählte Kundinnen kleine Probekanister Benzin mit Ökostreichholz zur Selbstverbrennung bereitzustellen. Aber niemals würde ich einen solchen Brief verfassen, geschweige denn abschicken, denn für solche Scherze habe ich als Hausfrau keine Zeit.

Stattdessen kaufe ich eine große Portion Schnitzel, die ich später in meiner Küche niederknüppeln werde, um damit den Ärger und den Nullzustand zu überwinden. Während der Hausfrauenarbeit starre ich aus dem Fenster und bemerke, dass man gerade das Stadtviertel um unsere Wohnung herum abgerissen und wieder neu aufgebaut hat und überlege, warum einem diese Veränderungen eigentlich so wehtun. Da mir auf diese Frage keine Antwort einfällt, erinnere ich mich an die Sätze meiner Mutter, dass man einem Mann stets ein gutes Essen kochen und einen regelmäßigen Sex anbieten müsse, um ein ausgefülltes Ehe- bzw. Familienleben[61] zu garantieren.

Ehesex findet am Abend so zwischen zweiundzwanzig und vierundzwanzig Uhr statt, wenn für den nächsten Tag alles erledigt ist. Er dauert zwischen zehn und zwanzig Minuten und endet mit einem Ehegattensamenerguss in der Ehegattinnenscheide, denn welche Frau schluckt nach zehnjähriger Ehe noch das Sperma des eigenen Mannes.

61 Heutzutage haben die Familien Rollen unten dran. Man befestige am unteren Ende eines Kindes acht bis zehn Rollen, am oberen einen Helm. Da kommen sie dann angerollt, Mamablade, Papablade und die Kinderblader. Allesamt mit kniegeschützten X-Beinen. Die Arme wedeln. Mama stößt gelegentlich ein paar Laute aus. Papa fuchtelt stumm. Er hat gelernt, zu schweigen. Die Kinder begreifen rasch, denn sie sind jung. Und schnell sind sie, die Kinder, mit ihren Plastikbladern, die so laut rollen, dass man die Familie schon von weitem hört. Man trifft sie überall, sobald die Sonne scheint. Mit schwarzen Schützern auch an Ellenbogen und Händen, weil sie sich so gut gerüstet haben. Für den Sport, dass nichts passiert.

Die rollenden Familien begegnen anderen rollenden Familien. Rollende Paare. Rollende Rentner. Rollende Individualisten. Das sind die schnellsten. Die haben das Rollen bei den Eisschnellläufern gelernt. Bück- und Beugetechnik. Ein sportlicher Blader überholt mich, um einen steilen, aber hervorragend asphaltierten Weg hinabzurollen. Viele kleine Kurven macht er dabei. Tiefschneewedeln, großartig. Da bleibt der Blader an einem Kinderwagen hängen und entschuldigt sich. Macht nichts. Weiter geht's. Er stürzt. Ich sehe weg, um ihm weitere Peinlichkeiten zu ersparen und betrachte die Familie. Sie scheinen das Missgeschick nicht bemerkt zu haben und ziehen ohne zu grüßen an mir vorbei. Diese Familie wird bald zuhause eintreffen. Alle bekommen was zu essen, weil sie Hunger haben. Dann wird noch ferngesehen, weil was kommt. Dann gehen die Kinder ins Bett, weil sie müde sind. Der Tag ist um. Das Familienwochenende vorbei. Die Bladerfamilie macht's genauso. Aber zuerst werden die Rollen abgeschnallt und die Wunden verbunden. Gemeinsam bilden sie einen kleinen Familienberg, verharren kurz und sind ob des Familienglücks noch ein Weilchen zufrieden.

Zukunft 3

Gerade habe ich wieder einen sinnlosen Mord begangen, denke ich, als ich das Insekt auf meinem Teller mit der Gabel zerdrücke. Tiere raus aus meiner Küche!
Ich muss mich in einer Krise befinden. So eine Scheiße. Es fällt mir kein Essen ein, auf das ich Appetit hätte. Vielleicht liegt das auch an dem toten Insekt auf meinem Teller, das immer noch seine Fühler bewegt. Es fällt mir aber auch kein Getränk ein, auf das ich Lust hätte. Hunger. Durst. Ich muss was tun, weil dastehen und denken hilft nicht. Erfülle dir doch einen Kindheitstraum und werde ein Mann, sage ich mir, erfülle mir diesen Traum und werde ein Mann. Als Erstes gehe ich einkaufen. Ich kaufe mir den Playmobil-Flughafen, das Flugzeug, den Servicewagen, den Gepäckwagen und das Playmo-Taxi. Mit fünf großen blauen Paketen steige ich in einen ICE und fahre weg. Irgendwo steige ich um, und im neuen ICE fällt mir auf, dass das Flugzeug fehlt. Ich springe zurück auf den Bahnsteig, renne hin und her und rufe, wo ist mein Flugzeug, wo ist mein Flugzeug? Eine Dame von der Bahnhofsmission legt mir eine Decke über die Schultern und führt mich in einen warmen Raum. Mann, ist das kalt draußen.
Die Frau von der Bahnhofsmission hat großes Verständnis und schenkt mir einen Teller heiße Suppe. Es muss Schlafsuppe sein, denn nach dem Verzehr schlafe ich sofort ein.
Ich bin jetzt nicht nur ein Mann sondern auch noch Heiner Lauterbach und habe Sex mit meiner Ex, es ist Jenny Elvers. Sie hat meinen Schwanz im Mund und gibt sich große Mühe, aber es ist meine Spezialität, einfach nicht zu kommen. Gleichzeitig sauge ich an ihrer Klitoris, denn darauf steht sie besonders. Ich habe sie genau richtig erwischt und ach und oh, da kommt sie auch schon. Sie stöhnt, lässt meinen Schwanz los und versucht sich aus meiner Armklammer zu

befreien. Das schafft sie nicht. Ich mache einfach weiter. Jetzt entspannt sie sich wieder. Gleich wird sie das Schreien anfangen und dabei kurz an ihre Nachbarn denken. Damit sie nicht so laut schreit, schiebe ich ihr meinen Schwanz wieder in den Mund, und man hört nur noch ein dumpfes Stöhnen. Sie arbeitet hart. Ich werde aber nicht spritzen, denn gleich wird sie vögeln wollen. Ich auch. Komm, lass uns noch ein bisschen vögeln, sagt sie. Wie hättest du's denn gerne? Ist mir egal. Na, dann dreh dich um, sage ich und packe sie an den Hüften. Sie hätte es gerne fest, das weiß ich, mache ich aber nicht. Sie hält mit großer Erwartung ihren blonden Arsch hin, aber ich schiebe ganz langsam, denn ich bin ein Genießer. Einmal hatte sie mich aufgefordert, fester zu stoßen. Nö, sagte ich, keine Lust auf harten Sex. Da ist sie umgefallen wie eine abgeschossene Kuh und zwei Tage liegengeblieben, um über ihr Leben nachzudenken. Eine Rede hat sie gehalten, dass sie seit ihrer Jugend das Leben nur simuliere, dass sie in ihrer Kindheit und in ihrer Jugend das Atmen, das Essen und das Sprechen aufgehört habe zur Entmaterialisierung, was sie dank der Menschsimulation bis zum heutigen Tag ziemlich gut in den Griff gekriegt habe, denn in Wirklichkeit sei sie überhaupt nicht echt, nichts an ihr sei echt, seit Jahren simuliere sie einfach alles, keiner habe je etwas bemerkt, und nun hätte ich mit dem Satz *keinen Bock auf harten Sex* alles kaputt gemacht. Sie habe einen entsetzlichen Rückfall. Zwei Tage lang hat sie geschlafen. Ich habe ihr eine Suppe gekocht und zweimal das Frühstück ans Bett gebracht.
Jetzt fickt sie wieder. Das heißt, ich ficke sie, ich nehme sie sogar ganz hart, sie stöhnt, ich spritze. Erledigt. Dekorativ rollt sie sich auf die Seite und grinst. Sie sagt, so wie du mich fickst, liebst du mich aber nicht. Liebe geht anders, sagt sie, ist aber trotzdem zufrieden. Weißt du, sagt sie, wenn du mich so fickst, liebe ich dich ein bisschen. Ach, jetzt auf einmal liebst du mich? Ja, ich habe dich schon öfter geliebt. Na dann. Soll sie mich ein bisschen lieben, aber eigentlich war mir diese Frau immer schon zu anstrengend. Ich habe nicht umsonst eine

andere Frau geheiratet, die jünger ist. Junge Frauen sind mental noch unverbraucht. Und die Liebe? Liebst du eine, liebst du alle.
Die Frau von der Bahnhofsmission weckt mich. Zum Glück erst jetzt. Meistens wacht man vor dem Orgasmus auf. Ich muss gehen und gebe den Damen von der Bahnhofsmission noch ein paar Autogramme. Draußen steige ich in meinen Wagen und frage mein Navigationssystem, das ich mit Schatz anspreche, wo's denn hingehen soll. Mein Schatz sagt, noch zweihundert Meter, dann links einordnen. Wir fahren links, durch die Stadt und ab auf die Autobahn.
Wer bin ich? Wer sind meine Freunde?
Ich bin Heiner Lauterbach und habe keine Freunde.
Ich bin Schauspieler, aber wer bin ich?
Ich mache Identifikationsangebote, das ist mein Job. Ich biete anderen eine Projektionsfläche.
Bin ich selbst nur eine weiße Wand?
Ich bin Schauspieler, ich spiele Kommissare, Gangster, Ehemänner, Liebhaber. Ich bin berühmt. Aber was unterscheidet mich von Hollywood? Niemals werde ich *Thank you, Mister President* sagen dürfen, nachdem er zu mir *Viel Glück Pilot* gesagt hat. Prester Missident. So eine Scheiße. Ich bin Fernsehschauspieler. Gernsehschauspieler. Wenn ich ein Skispringer wäre, dann könnte ich fliegen. Oder Tom Cruise. Dann wäre ich verliebt in irgendwen und geschieden von einer großartigen Frau, die ich sehr liebe.
Sind wir nicht alle auf der Suche nach den ganz großen Gefühlen? Ich will wissen, was wahr ist. Aber ich will nicht mehr mitmachen, ich will in meiner eigenen Welt versinken, denn nur in Gedanken bin ich befreit, frei von allem, was draußen passiert. Ich sitze im Auto und rase davon. Ich bin auf der Flucht und verachte den Tod. Ich verachte die Menschen, meine Frau und mich selbst. Ach was, nicht das, was ich sage, ist die Wahrheit, sondern das, was ich tue, ist wahr. Es ist die Art, WIE man über eine Autobahn fährt, WIE man die Straßen entlanggeht und WIE man sich in ein Café setzt. Das ist die Wahrheit. Es sind

nicht die gesprochenen Worte, nicht die geschriebenen Texte. Was gäbe es denn zu berichten? Vielleicht, dass der Winter von alleine vorbeigeht, so wie das mit der Zeit im Allgemeinen ist?
Alte Menschen zittern mit ihren alten Händen und schauen mit ihren alten Augen, aber manchmal sagen sie nur einen einzigen Satz, und in dem steckt alles drin.

Zukunft 4

Ich gehe wieder zurück in den Odenwald und spreche auch wieder genauso, wie die Leute dort sprechen. Beim Friseur lasse ich mir eine Einhundert-Euro-Welle mit Strähnchen machen und kaufe schnell ein Paar Hüftleggins in mint und rosafarbene Turnschuhe dazu. Geronimos Cadillac kommt vorgefahren und Dieter Bohlen sitzt drin. Wir heiraten und lassen uns sofort wieder scheiden, verstehen uns aber immer noch prima.

Dieter ruft oft bei mir an, um von seinem neuen Leben und vor allem von seiner neuen Frau zu berichten. Es ist jetzt schon die fünfte. Weißt du, sagt Dieter, als Mann sollte man die Frau beim ersten Mal zuerst kommen lassen. Oh ja, sage ich, das ist eine gute Idee, Dieter. Du, das mach ich immer, sagt Dieter, kommt immer wieder gut an bei den Damen. Das glaub ich Dieter, aber ich hab grad gar keine Zeit, denn ich telefoniere noch auf der anderen Leitung. Ach so, na ja, aber nur noch ganz kurz. Ich hab mir einen neuen Anzug gekauft, ganz in schwarz, ganz in Seide, mit goldenem Schriftzug. Wie findst'n das? Mensch super Dieter, Schwarz mit Gold steht dir am besten oder Weiß mit Silber oder Bronze mit Bronze, aber jetzt muss ich wirklich auflegen. Nur eins noch: Ich hab mir einen goldenen Porsche 911 bestellt, damit will ich mal über den Nürburgring brausen, fährste mit? Super Dieter, komm doch mal mit dem Porsche vorbei, aber jetzt muss ich wirklich... Tschüss, sagt Dieter und legt auf.

Eine Stunde später ruft er wieder an. Du, darf ich dir mal eine SMS vorlesen? Klar, lies vor. Doddo schreibt: *Diddi, ich wasch mich nie wieder, damit ich dich immer riechen kann.* Dieter lacht. Mensch Diddi, sag ich, is ja 'n Ding. Ja, sagt Dieter, und da noch eine von Daddl: *Dieter Bohlen, ich riech immer noch nach dir, werd mich nie wieder waschen.* Mensch Dieter. Und hier noch eine von Diggl: *aus mei-*

ner Pussi läuft immer noch dein Saft, riecht so gut, aber bald ist alle, bitte nachfüllen. Hoho Dieter, is ja super Dieter, aber Pussi find ich irgendwie scheiße. Wieso findst'n Pussi scheiße? Na ja, klingt halt scheiße, da ist ja Muschi noch besser. Was hast'n gegen Muschi? Ach Dieter, komm wir lassen das Thema. Du bist ja auch scheiße, sagt Dieter und legt auf. Jetzt ist er wieder beleidigt.

Am Abend ruft Dieter an und entschuldigt sich fürs Auflegen. Ja, ich bin ein Arschloch, sagt Dieter. Ach was, du bist doch kein Arschloch, Dieter. Doch. Nein. Doch, aber ich habe gelernt, mich zu entschuldigen. Bettl, Bottel, Bolli und Dolli haben mir Glückwünsche ausgesprochen, weil ich endlich gelernt habe, mich zu entschuldigen, und Vroni und Moni auch. Ach, und jetzt soll ich dir auch gratulieren? Du nicht, sagt Dieter, du nicht. Weißt du Dieter, sich entschuldigen ist das eine, aber von vornherein mal was richtig machen, ist das andere, Dieter. Ich lerne das auch noch, sagt Dieter, ich bin endlich auf dem richtigen Weg, ich werde es schaffen. Klar Dieter, aber genau das hast du schon so oft gesagt, Dieter. Du bist blöd, sagt Dieter und legt auf. Beleidigt.

So geht das drei Jahre lang. Als Exfrau hat man Verständnis und kümmert sich. Aber langsam wird's mir zu blöd. In der Zwischenzeit hat er schon dreiundfünfzig Exen nach mir. Immer muss ich mir das anhören. Wie sie aussehen, wie sie sich bewegen, was sie sagen. Ja, was sagen sie denn? Immer das Gleiche. Alle sagen immer das Gleiche. Und immer soll ich mir das anhören. Ja, krieg ich jetzt meine Tage oder was?

Dieter ruft an und fragt, ob er mir eine SMS vorlesen dürfe. Du Dieter, sei mir bitte nicht böse, aber ich will diese SMS nicht vorgelesen bekommen. Dieter sagt, okay, aber die ist nur ganz kurz. Nein Dieter, ich will wirklich nicht. Warum denn nicht? Weil es mich nicht interessiert, wer gerade wo nach dir riecht. Das ist Rache, sagt Dieter. Wie Rache? Na, du rächst dich an mir. Quatsch, sage ich, das hat nichts mit Rache zu tun, sondern mit Diskretion. Ach, jetzt darf ich dich nicht

mal mehr anrufen, um dir die Dinge, die mich bewegen, mitzuteilen? Ich habe das Bedürfnis, dir die Dinge, die mich bewegen, mitzuteilen. Sag mal Dieter, ist dir schon mal aufgefallen, dass ich dir nie irgendwas mitteile? Dieter schweigt und schweigt und sagt: Stimmt, aber warum? So halt, sage ich. Versteh ich nicht, sagt Dieter. Macht nichts, Dieter, du hast ja noch mehr Exfrauen, erzähl's denen. You're my heart, you're my soul, sagt Dieter. Hab ich schon x-mal gehört, Dieter, und komm mir jetzt bloß nicht mit Brother Louielouielouie. Was hat denn Brother Louielouielouie damit zu tun? Nichts, war nur ein Witz. Du bist gemein, immer machst du dich über mich lustig. Ich rufe dich nie mehr an, sagt Dieter und legt auf.
Aber einen Dieter Bohlen wird man eben nicht so einfach los. Denn sofort kommt eine SMS *ich liebe dich trotzdem* und ein Anruf *Cheri cheri lady* und eine SMS *du liebst mich* und ein Anruf, nämlich von einer Exfrau. Jetzt rufen die auch noch an. Sie bestätigen alle, dass Dieter auf dem richtigen Weg ist. Ja, Dieter wird es schaffen, natürlich, unser Dieter.
Man muss aus der Not eine Tugend machen, Kinners, sage ich und gründe einen Die-Exen-von-Dieter-Bohlen-Club. Wir treffen uns reihum in all den ehemaligen Dieter-Bohlen-Stadtrandvillen und vergleichen die Einbauküchen, Schlafzimmer und Eckbadewannen. Einmal im Jahr fliegen wir alle zusammen auf die Kanaren in eine von Dieters ehemaligen Urlaubsvillen und lesen uns gegenseitig die jeweiligen Passagen aus Dieter Bohlens aktuellen Memoiren vor. Unser Dieter. Dann schreiben wir die Memoiren um und haben einen Riesenspaß. Wir geben uns andere Namen, und Naddel vertauscht ihre Geschichte mit der von Verona, Estefania tauscht mit mir. Mal sehn, ob Dieter was merkt.
Überhaupt. Was ist eigentlich mit Dieter los? Er hat seit zwei Tagen nicht angerufen? Es wird ihm doch nichts passiert sein? Die ersten von uns bekommen einen Weinkrampf, denn sie spüren plötzlich intuitiv, dass etwas Schlimmes passiert sein muss. Wir rufen bei Axel

Springer an, aber der ist auch nicht zu Hause. Irgendwas braut sich in Deutschland zusammen, und wir diskutieren, ob es besser wäre, für immer auf der Insel zu bleiben. Wir versammeln uns vorm Fernseher, aber alles ist wie immer. Nach wie vor scheint Jo Brauner von der Tagesschau beim Sprechen sein Gebiss zu verlieren. Aber keine Nachricht von Dieter, und es gab auch keine Anschläge.
Noch zwei Tage quält er uns, an denen wir ununterbrochen am Pool auf und ab laufen, uns gegenseitig die Beine epilieren und die Schultern massieren. Dann klingelt mein Händi. Dieter? Moment Dieter, ich muss auf Lautsprecher schalten. Dann schließe ich das Händi an Dieters ehemalige Verstärkeranlage an, und wir hören uns in Dieters ehemaligen Liegestühlen an Dieters ehemaligem Pool Dieters neue CD an, die er letzte Woche komponiert, eingespielt und produziert hat. Das Video ist auch schon fertig und kann auf MTV und VIVA begutachtet werden. Mensch super Dieter! Klasse Dieter! Wird ein Riesenerfolg, Dieter. Dann eilen wir zum Fernseher und schauen nonstop VIVA und MTV an. Einige bereiten unterdessen Schnittchen, und dann kommt Dieter. Schnell, er kommt! Dieter am Klavier umringt von den superSuperstarsUper. Wir kreischen ein bisschen. Dieter kommt! Unser Dieter. Super Dieter! Dieter ruft wieder an. Du Dieter, du kannst ruhig wieder anrufen, wann du willst, wir wollen wissen, was dich bewegt. Aha. Gloria? Wie alt? Siebzehn. Ist das nicht ein bisschen? Ach, so was von erwachsen und ganz schön versaut. Oh, oh Dieter, aber eigentlich. Na ja, Dieter, dann grüß Gloria mal schön von uns und gib ihr schon mal meine Nummer. Tschüssi Dieter. Dann stoßen wir alle auf Gloria an, bis eine feststellt, dass Dieters neue Singleauskopplung auch Gloria heißt. Einige brechen weinend zusammen, weil sie nie in einem Song vorgekommen sind. Ich bestelle Dieters ehemaligen Psychoanalytiker, der seine Villa auf dem Nachbargrundstück hat und massiere den Damen inzwischen die Füße. Mensch Dieter.

Zukunft 5

Hier sitze ich, schaue aus dem Fenster und warte. Ich warte, bis er wiederkommt. Er, mein neuer Freund.
Mein neuer Freund, der immer so viel arbeiten muss, sitzt jetzt in seinem Büro und arbeitet. Er sitzt auf seinem Schreibtischstuhl, die Schreibtischhände auf den Schreibtisch gelegt. Seine Hand an der Computermaus, seine Hand am Telefonhörer, an der Zigarette, an der Kaffeetasse, an der Tastatur. So gerne würde ich hingehen, um seine Hände dahin zu legen, wo sie hingehören, nämlich auf mich drauf. Abschneiden und abhacken will ich ihm die Schreibtischhände und mich damit zudecken. Die schönen, großen, warmen Hände auf meinen Körper legen, darunter ein wenig seufzen und warten, bis sein Mund mich küsst. Aber sein Mund trinkt Bürokaffee, raucht Bürozigaretten und spricht in Bürotelefone statt zu mir. Er hat zu tun.
Ich habe nichts zu tun, nur Wartearbeit. Meine schöne, große, anstrengende Wartearbeit. Die Zeit dehnt sich, je länger ich arbeite. Schon ist sie ganz lang und dünn. Vor meinem Fenster fahren Autos vorbei, parken ein und parken aus. Rote Autos, blaue Autos, viele schwarze Autos. Auf einmal stehen da nur schwarze Autos. Lauter schwarze Autos. Und ein rotes und ein weißes. Zwei blaue. Drei blaue. Auf sonnigen und schattigen Parkplätzen. Manchmal regnet es auf die Parkplätze. Aber nur wenn's regnet. Draußen scheint die Sonne.
Früher hatte ich auch mal ein sonniges Gemüt, früher, als ich mich morgens schon aus dem Bett heraus ins Arbeitsleben gestellt habe, um darin zu arbeiten, rumzulaufen, zu sprechen und zu lachen. Ja, gelacht hab ich immer viel. Dabei bin ich gar nicht geschaffen fürs Lachen. Mein Gesicht ist gar kein Lachgesicht. Zum Lachen legt sich

das Gesicht in Falten. Der Mund spannt sich auf zu einem kleinen Oval und zeigt seine Zähne. Der kleine Mund, dessen Mundwinkel nach unten gewachsen sind, wohin sie immer weiter wachsen. Vielleicht liegt's an der Schwerkraft. Das Gesicht habe ich mir schon zeitig zusammengefaltet aus Rücksicht vor dem Alter.
Ab und zu gehe ich hinaus auf meinen Balkon, um einen Spaziergang zu machen. Die Pflanzen wachsen. Ja, sie wachsen, aber langsam, wie mein Tag. Gleiche Geschwindigkeit. Wir wiegen uns im Wind. Die Pflanzen und ich. Kaum sind wir zu unterscheiden.
Der Nachbar von gegenüber schaut herüber. Ich schaue zurück, nehme aber vorher die Brille ab. Und der Nachbar wird eins mit der Fassade hinter sich. Weg ist er. Sogar hören kann ich jetzt nicht mehr. Es rauscht. Ohne Brille habe ich eine Glocke auf dem Kopf. Eine Kopfglocke.
Ich könnte mich hinunterbücken zu meinen Schuhen und sie an die Füße binden, um damit das Haus zu verlassen, um in der Schultheißkneipe an der Ecke[62] ein Bier zu trinken. Dort, wo auch die anderen sitzen, die sich mit gepflegten Getränken den Intellekt bereits auf ein erträgliches Maß heruntergetrunken haben aus Rücksicht vor der Dummheit.
Ich blicke hinunter zur Straße, zu den Autos, auf von der Sonne angestrahlte Fassaden und Schatten, viele Schatten. Schattige Balkontüren, schattige Pflanzen, schattige Hauseingänge, schattige Hunde und sonnige. Da, ein sonniger Hund ganz im Schatten.
Er wird kommen. Er kommt wieder zu mir. Mein neuer Freund. Aufstehen werde ich dann und das Wartezimmer verlassen. Er wird sich zu mir legen mit seinen Händen und seinem Mund, der schweigt und lächelt und sagt, dass er froh ist, endlich da zu sein, was ich ihm glaube. Seinem Mund glaube ich alles. Ansehen werde ich ihn und meinen Kopf auf seine Brust legen und froh sein, dass er da ist. Die

62 SEIT 150 JAHREN GEPFLEGTE GETRÄNKE

Zeit wird sich beschleunigen und uns überholen, während aus seinen Bürohänden zarte Liebhaberhände geworden sind. Auch meine Hände werden nach seinem Körper greifen, bis sie vor Erschöpfung niedersinken. Schlafen.
Während des Schlafs bremst die Zeit wieder ab und beginnt exakt mit den Abschiedsküssen des neuen Freundes, der immer so viel arbeiten muss, wieder mit ihrer Langsamkeit, während ich aus dem Fenster sehe und die Baustelle betrachte, die sich vor die Fassade gegenüber hinbaut.

Zukunft 6

Alles geht seinen Gang. Und wer an meiner Tür klingelt, wird sterben. Augenblicklich. Ich bin das Ende der Welt. Komm her und stirb. Stirb langsam 3 bis 300.
Ich lege die Leichen an die Wand. Kleiner Stapel, mittlerer Stapel und großer Stapel. Jede Leiche trägt eine Nummer.
Ich muss einen zweiten Stapel anfangen. Dann noch einen und noch einen und noch einen. Jeder Stapel bekommt eine Nummer. Ein Reetdach drauf und Butzenfenster dran, aus denen die Leichen herausschauen wie Puppen. Sie schlafen, die Leichenpuppen. Eine auf der andern. Ein friedliches Schlafen. Und immer wieder das Klingeln an der Tür. Komm rein, zieh eine Nummer und leg dich dort hin.
Aber irgendwann muss das Sterben doch ein Ende haben. Ich will raus hier.
Der Kellner stürzt über ein hingeworfenes Nachthemd. Da drüben sitzt ein strangulierter Korse zusammen mit der Lehrerin, die von sich in der dritten Person spricht, und meine Freundin mit der roten Brille hat kein Bier mehr. Dabei will ich doch nur, dass es im Winter wieder schneit. So wie früher. Alles soll wieder so sein wie früher. Montage nach Absprache, Dienstage immer mittwochs.
Gelaufen sind sie, die Kinder, wenn der Eismann gebimmelt hat, aber die Zeit geht einfach vorbei. Die Spuren verwischen, je genauer man hinschaut. Nur das Hasenhaustier lacht immer, weil es so aussieht.

Stirb langsam 4

Ich muss zum Arbeitsamt. Für ein halbes Jahr hatte man mir Arbeitslosengeld bewilligt. Das halbe Jahr ist um.
Was will ich vom Arbeitsamt? Geld.
Was muss ich dafür tun? Einen Antrag ausfüllen.
Was soll da drinstehen? Lauter kluge Sachen.
Täglich prüfe ich mich, damit ich auch nichts vergesse. Ich muss zum Arbeitsamt, damit man mir noch ein bisschen Geld zahlt und mich und mein Kind krankenversichert. Um die Wartezeit ohne geistige Verluste zu überbrücken, könnte ich diesmal einen Packen Zeitungen mitnehmen, denn in Zeitungen kann man sich wegen der Abwechslung und dem Ärger über die Zeitung nicht so hineinlesen. Oder ich ziehe eine Nummer und gehe für drei Stunden wieder nach Hause. Oder ich bleibe da und fange Gespräche mit den anderen Arbeitslosen an.
Hallo, was machst du so. Auch arbeitslos. Schönes Wetter draußen. Wir könnten aber auch alle gemeinsam nach dem Nummernziehen das Gebäude wieder verlassen und auf dem benachbarten Sportplatz von Lichtenberg 47 ein paar Runden drehen. Wir würden zwei Gruppen bilden, uns entgegenlaufen und anlächeln, weil Sport Glücksgefühle produziert.[63] Jemand müsste natürlich oben bleiben. Das könnten die gerade frisch Angekommenen übernehmen und mit einem Megaphon die aufgerufene Nummer durchsagen. Einer nach dem anderen könnte dann bis ins Besprechungszimmer hinaufjoggen und mit einem gut durchbluteten Gehirn und Gesicht dem Arbeitsberater Rede und Antwort stehen.

63 Lächeln mit offenem Mund – Signale der Liebe

Berufliche und regionale Beweglichkeit verbessern Ihre Chancen auf dem Arbeitsmarkt. Eigene Bemühungen erhöhen Ihre Aussicht auf einen neuen Arbeitsplatz.

Will ich einen neuen Arbeitsplatz? Niemals mehr werde ich mich fest anstellen lassen, es sei denn als Kassiererin bei Aldi. Aldi hat als letzte Supermarktkette noch manuelle Registrierkassen. Bei Aldi könnte ich hauptberuflich meinem Hobby nachgehen, dem schnellen Eintippen von auswendig gelernten Zahlenkombinationen. Aber wenn eines Tages auch bei Aldi die Scannerkassen eingeführt werden, Aldi-Süd hat das bereits getan, dann hat der deutsche Arbeitsmarkt keinen Platz mehr für mich. Schade eigentlich. Wie erkläre ich das meinem Arbeitsberater? Auf keinen Fall Lidl oder Kaiser's könnte ich sagen. Oder ich sage gar nichts. Dann brauche ich auch nicht hingehen.

Was will ich vom Arbeitsamt? Geld.

Was muss ich dafür tun? Einen Antrag ausfüllen.

Was soll da drinstehen?

Ich bekomme ein Zucken im linken Lid, dessen Herkunft ich mir nicht eindeutig erklären kann. Zum einen könnte es daran liegen, dass ich mich im Arbeitsamt befinde. Zum anderen könnte es auch eine Randerscheinung meines Katers sein, den ich mir in der vorherigen Nacht zugezogen habe, als ich Teil einer lustigen kleinen trinkfesten[64] Gesellschaft war.

Jetzt sitze ich hier. Mit meinem Kater, einem zuckenden Augenlid und einem Klingeln im Ohr, das von dem aufgesetzten Schläfenschuss kam, den ich mir zum Spaß der Trinkgesellschaft nächtens mit einer Spielzeugpistole gesetzt habe. Roman hatte sich ans Piano gesetzt und Trinklieder angestimmt, während ich im Takt dazu schoss. Nach

64 Ich trinke gerne. Ich trinke gerne viel. Wenn ich trinke, dann trinke ich viel. Richtig viel. Viel zu viel. Und dann habe ich immer viel zu viel getrunken. Wenn ich trinke, dann trinke ich viel, weil wenig trinken geht nicht. Nur manchmal, da trinke ich wenig. Oft trinke ich nichts.

acht Schuss musste jeweils nachgeladen werden. Als Roman ein wüstes Loblied auf meine Person anstimmte, erschoss ich mich statt ihn. Seitdem klingelt mein rechtes Ohr um das zweigestrichene C herum. Zweieinhalb Arbeitsamtstunden beschäftige ich mich ausgiebig mit der Berliner Zeitung und einigen Kurzgeschichten von Thomas Bernhard. Als ich aufgerufen werde, bin ich schlagartig in einem verzweifelten Zustand. Ein Odenwälder, noch dazu aus Baden-Württemberg, hat grundsätzlich Schwierigkeiten, Sozialgeld zu beantragen. Aber ein monatliches Ringen um die Miete, sowie nicht krankenversichert zu sein, sind für den Odenwälder ebenfalls kein akzeptabler Zustand.
Herr Wolf, so heißt mein Berater, weist mir einen Stuhl in seinem Besprechungszimmer. Viel lieber wäre ich in das Zimmer eingetreten, an dessen Tür *Frau Tröster* stand. Weinen werde ich nicht. Ich bekomme meine Frage nach dem, was jetzt und grundsätzlich zu tun sei, von Herrn Wolf erwartungsgemäß nicht beantwortet. Er zählt mir die verschiedenen Möglichkeiten auf. Und dem Umstand, dass meine Akte verschwunden ist, verdanke ich, dass ich letztendlich unverrichteter Dinge wieder gehen muss. Herr Wolf versichert mir, dass man sich um die Akte kümmern werde. Das beruhigt mich. Ich erhalte sogar einen vorübergehenden Bescheid: zehn Euro und sechsunddreißig Cent am Tag, das sind im Monat etwa dreihundert Euro, das ist doch fast die halbe Miete.
Ich muss umziehen. Gerade ist meine Wohnung zu teuer geworden.

Stirb langsam 5

Hallo Horst. Na, sagt Horst, ich war mal wieder in der Nähe, ich dachte. Komm rein. Wir sitzen bei mir und plötzlich stinkt es hier aber. Sag mal Horst, kann es sein, dass du in Hundekacke getreten bist? Kann nicht sein, sagt Horst und schabt einen riesigen Bollen Hundekacke auf meinen Holzfußboden. Ach du Scheiße, sagt Horst. Ich nehme ihm den Schuh weg und stelle ihn auf den Balkon. Dann mache ich mich auf Spurensuchen und da tatsächlich, überall Hundescheiße. Die Kaninchen werden sofort ins Kinderzimmer gesperrt, und ich fange an zu wischen. Da höre ich es auf dem Balkon schaben. Bitte nicht auf meinem Balkon, rufe ich, aber es ist schon zu spät. Horst hat die Restscheiße auf meinem Balkon verschmiert und die feinen Scheißreste auf das Geländer gestreift. Entschuldige aber, sage ich und muss mich setzen. Horst holt den Kinderspaten und kratzt die Kacke vom Balkongeländer wieder ab. Dann geht er mit dem Spaten ins Klo und stopft ihn bei laufender Spülung immer wieder in die Kloschüssel. Danach ist am oberen Kloschüsselrand ein Dreieck herausgebrochen und das Plateau vom Plateauklo verkratzt. Jetzt muss ich für immer hier wohnen bleiben. Scheißwohnung.

Horst verspricht, beim Umzug alles wieder gutzumachen. Ich helfe dir beim Umzug und bringe noch etwa zehn fleißige Helfer mit, sagt er. Aha. Die Jungs vom Traveplatz, sagt Horst, die helfen dir beim Umzug, muss allerdings am Vormittag sein. Weißt du, sagt der ehemalige Chefarzt, die einfachen Leute sind es, auf die man sich verlassen kann, wenn's um körperliche Arbeit geht. Da, deine Freunde, die Akademiker, die können doch nicht arbeiten. Die kommen höchstens hinterher zum Saufen, auf die kannst du dich nicht verlassen. Aber die Jungs vom Traveplatz, die tragen dir am Vormittag die Sachen hoch, das kostet dich nur zwei Flaschen Schnaps.[65] Ja gut, sage ich, ich sage dir Bescheid, wenn es soweit ist. Die Trinker vom Traveplatz. Die fleißigen Helfer, die mit meinen Möbeln im Treppenhaus anecken und ständig *Scheiße!* rufen. Und als ich hinter Horst die Tür zu mache, sind sie schon da, die Halsschmerzen.

65 Nordhäuser Doppelkorn.

Stirb langsam 6

Wegen ein paar Bollen Hundescheiße bin ich jetzt krank geworden, sage ich ins Telefon. Ich komme, sagt Roman.

Im Treppenhaus klebt überall Hundekacke, sagt er. Roman kocht Suppen, versorgt das Kind und schläft in meinem verschwitzten Bett. Er streckt die Hände nach mir aus, legt sie auf meinen schweißigen Körper und fängt an, zu schnarchen. Wie soll ich denn da schlafen können? Und wie gesund werden?

Du schläfst so laut und beim Schlafen muss doch eine Decke dazwischen sein. Eine Decke gehört zwischen die schlafenden Körper, damit eine Hautberührung nicht möglich ist, in der die Haut aufhört zu atmen, um sich an die Haut des andern zu kleben. Schweiß. Du klebst. Wie, ich bin so ein klebriger Typ? fragt Roman. Nein. Doch. Ich klebe. Aber er klebt auch. Er klebt an meinem Körper, er klebt an meinem Leben. Und jetzt schwitze ich ganz alleine unter meiner Decke.

Ist das Liebe? So richtig echt? Was ist echt? Ich will wissen, was echt ist. Ich will ein echtes tiefes Gefühl haben. Mal wieder so richtig was Echtes fühlen. Ich will eine Sehnsucht haben, die weh tut. Aber stattdessen bin ich auf der Flucht vor seiner Sehnsucht.

Roman steht da und wartet auf eine Berührung von mir. Er steht und wartet und schaut und wartet. Und wenn ich ihn anfasse, legt sich sofort sein Kopf auf meine Schulter. Sein Kopf auf meiner Schulter. Sein Bein schiebt sich zwischen meine Beine. Sein Bein zwischen meinen Beinen. So stehen wir da. Immer nimmt er diese Haltung ein, wenn ich ihn berühre. Leck mich nicht ab. Ich leck dich nicht ab, ich küsse dich, sagt er zu meinem Hals. Aber mein Hals sagt nichts, weil er nicht sprechen kann.

Ich bin zu einer ordentlichen Romantik nicht fähig. Es gibt Menschen, die bei einem Sonnenuntergang an Caspar David Friedrich denken und es schön finden, wenn sich die Sonnenstrahlen durch ein Loch in der Wolkendecke in den Horizont bohren. Ich aber sehe nur die Baustelle, die sich unterhalb vom Sonnenuntergang befindet. Baumaterialien, die aufeinandergeschichtet ein Bauwerk ergeben sollen. Statt an was Schwülstiges, denke ich allenfalls an Schwülste. Ich bin zu echter Liebe nicht fähig. Ich muss mich getäuscht haben. Liebe geht anders. Liebe kann man spüren. Liebe spürt man in der Brust. Dort muss Liebe wehtun.[66]

Wo, frage ich, wo sitzt eigentlich dein Gefühl für mich? Roman sagt, in der Brust, und fasst sich ans Herz, und auch im Bauch. Meine Gefühle fangen hier an, sage ich und zeige auf meine Oberschenkel, und gehen bis hier, dabei deute ich auf meinen Bauchnabel. Der Unterhosenausschnitt. Meine Gefühle hören weit unterhalb vom Brustkorb auf. Ich kann doch auch nichts dafür. Dann küsst er mich.

Sein Mund küsst meinen Mund. Ich küsse und küsse und atme und denke, dass ich atme. Man kann doch beim Küssen nicht atmen. Also halte ich die Luft an. Roman schätzt meine Atemnot falsch ein und küsst immer weiter und atmet auch. Im Augenwinkel sehe ich seine geöffneten Lippen, aus denen es küsst und herausatmet und mache meinen Mund sofort zu. Er muss jetzt körperabwärts weiterküssen. Ich mach die Augen zu, sehe ihn aber trotzdem küssen. Mit der Hand fahre ich an seinem Rücken hinunter. Das Bild vom Kussmund wird abgelöst von der 3-D-Simulation einer sich langsam bewegenden Wirbelsäule, eine Kamerafahrt über Lendenwirbel, Brustwirbel, Nackenwirbel, dann ein ganzes Skelett beim Fahrradfahren. Vor das Skelett stellt sich eine Mauer aus verschiedenfarbigen Kästchen, die ich per Klick wieder abbauen kann. Jetzt funkt mir auch noch das Computerspiel dazwischen. Ich klicke kleine, mittlere und große Flächen gleichfarbiger Kästchen aus einer bunten Mauer weg und entblöße damit ein Hüftgelenk. Sein Mund ist inzwischen an meiner

66 Siehe Rede über die Liebe

Brustwarze angekommen. Jetzt muss der Mann gestoppt werden. Ah, Hilfe, es kitzelt. Schluss jetzt. Meine Hände werden auf die Brüste geklappt. Dann lege ich Roman neben mich, meinen Kopf auf seinen Oberarm und meine Hände in seine Hände, damit er nicht mehr greifen kann. So wird er in ein Gespräch verwickelt, aus dem er sich herausschläft. Sein Bauch. Gleichmäßige Bewegung. Ruhe. Wie riecht ein Mensch in seinem Bauch? Wahrscheinlich nicht gut. Magen, Darm. Zum Glück ist da die Haut. Ohne Haut würde es stinken, und man würde sich in den Sehnen und Venen verheddern. Ständig ein Muskelfaserriss. Aber man könnte vielleicht auch hier und da einen Finger in ein Gelenk stecken. Ich taste mein Knie ab. Unter die Kniescheibe könnte man einen Finger schieben oder von der Kniekehle aus reinfahren, wenn man die zwei großen Sehnen auseinanderdrückt. Auch im Nacken ist reichlich Platz für Hände. Und am Hals. Romans Hals. Wenn ich meine Hand zwischen seine Luft- und Speiseröhre schiebe und ein bisschen streichle. Ob ihm das gefallen würde? So ganz ohne Halshaut. Ohne die Gesichtshaut würde man beim Küssen sich spitzende Lippenmuskeln sehen und die vielen Muskelstränge zwischen Augen und Kinn, die sich im Küssrhythmus bewegen. Hätte man ohne Haut überhaupt ein Augenlid? Mit offenen Augen küssen. Immer mit offenen Augen küssen.
Ich werde in meinem ganzen Leben nie mehr wieder Sex haben. Wie soll man Sex haben, wenn man bei jeder Bewegung die Anatomie in Frage stellt? So gern wäre ich eine Kugel. Den ganzen Tag könnte ich in mir ruhen und nur ab und zu ein wenig hin- und herrollen. Einfach eine Kugel sein. Rund, glatt, schön. Aber stattdessen stehen jeden Morgen zwei Füße vor meinem Bett. Immer die gleichen. Hände greifen nach meiner Brille, durch die kann ich das Frühstück gut erkennen und setze mich dazu. Jeden Tag. Jeden Tag führe ich ein ganz normales Leben. Geschickt gehen Beine im Einklang mit den Bewegungen eines Oberkörpers durch die Welt. Millionenfach. Auch ich.

Stirb langsam 7

Ich habe das Bier auf drei Kronkorken abgestellt. Es steht oder rutscht ab. Rutscht ab und fällt nicht um. Natürlich nicht. Gegenüber sitzt meine frisch verliebte Freundin und gibt detailgetreu das letzte Gespräch mit ihrem Neuen wieder. Ich starre hinaus auf die Straße. Ein paar Löcher hineinstarren und Autos durchfahren lassen. Weil ich so erschöpft bin. Ich nicke zu dem Text meiner Freundin und versuche, mich zu erinnern, warum sich diese große Ermattung auf mich gelegt hat. Aber mir fällt nichts ein. Die Vergangenheit ist weg. Meine Freundin spricht, ich nicke mit dem Kopf, das ist meine Gegenwart, und für einen kurzen Moment kann ich in die Zukunft sehn. Das vierte Bier. Mit dem vierten Kronkorken. Dann steht das Bier sicher. Das ist meine sichere Zukunft. Meine Freundin packt ihre Kronkorken in die leere Zigarettenpackung und klirrt damit rum. Ich versuche, mir das Haus gegenüber wegzudenken, denn es steht der Sonne im Weg. Klappt aber nicht. Das Haus bleibt stehen. Die Strasse zwischen den Häusern bleibt liegen. Die Autos fahren weiter drauf rum. Jetzt fällt's mir wieder ein. Ich will mich begeistern, sage ich zu meiner Freundin. Über was? fragt sie. Zum Beispiel über ein Tier. Oder ein Bier, reimt sie. Seit Jahren habe ich mich nicht mehr begeistert. Liegt das an mir? Dieser Moment, in dem man einen Drang verspürt, die Welt verändern zu wollen, dieser Schmerz im Bauch bis hoch zur Brust, als ob man frisch verliebt sei. So wie meine Freundin, die sich gerade über meinen Anblick beschwert. Jetzt starrt sie wieder, sagt sie und will sofort gehen. Nö Quatsch, sage ich, damit sie da bleibt und noch ein bisschen spricht vom Liebesglück. Und schon wieder tut's weh. Liebe tut immer weh. Ich seufze, und dann weicht der Schmerz einer butterweichen Gleichgültigkeit. Das nächste Bier.

Ich hab's geschafft. Zur Ermattung gesellt sich ein kleines Glücksgefühl, kriecht hoch und bleibt genau zwischen den Schläfen stecken. Das Gehirn beginnt zu arbeiten. Spätschicht. Ich greife mir einen Stift und stecke ihn ins Nasenloch. Ins andere Nasenloch auch noch einen. Einen ins rechte Ohr und einen ins linke Ohr. Fertig. Meine Freundin sagt, ich sähe bescheuert aus. Ich gehe zum Spiegel und mein Spiegelbild sieht auch bescheuert aus. Auf dem Rückweg gehen alle Stifte verloren. Egal. Auf zu neuen Taten.
Die Sonne ist jetzt vollständig hinter dem Haus gegenüber verschwunden, sogar jenseits der Stadt ist sie abgetaucht. Ich knipse das Licht an. Auch gegenüber leuchten ein paar Fenster. Hellgelb oder bunt, je nach Anstrich oder Vorhang. Mein Vorhang ist blau, und niemals werde ich erfahren, wie meine Fenster vom Balkon gegenüber aussehen. Einfach rübergehen und fragen, ob ich mal gucken dürfe, erscheint mir völlig lächerlich. Trotzdem schlage ich genau das meiner Freundin vor: du, ich geh mal kurz hinüber. Und von dem Balkon da, winke ich herüber. Nimm Bier mit, sagt sie. Und ich nehme ein Bier mit und die Zigarettenpackung mit zehn Kronkorken. Damit klimpere ich die vier Stockwerke in meinem Haus hinab und über die Straße. Die Tür ist offen. Ich klimpere hinauf. Es läutet, die Wohnungstür geht auf, ein Mann schaut mich an. Ich klimpere noch ein bisschen und sage: Da sind zehn Kronkorken drin. Er wiederholt: Zehn Kronkorken, hast du die alleine getrunken? Nö, sage ich, das ist mein fünftes, sage ich, die anderen hat meine Freundin getrunken, die sitzt da drüben und wartet auf mein Zeichen, ich wollte mal meine Fenster von hier drüben sehn, ich wohne direkt gegenüber. Ach so, sagt der Mann, na dann komm rein. Wir gehen auf den Balkon und schauen auf meine Wohnung, die Fenster leuchten blau. Meine Freundin auf meinem Balkon macht das Außenlicht an und prostet herüber. Mein Balkon leuchtet grün. Mein Balkon büschelt, sage ich zu dem Mann, der mein Nachbar von gegenüber ist. Ja, das könne man gut erkennen, sagt er. Ich winke und klimpere und rufe. Meine Freundin

winkt zurück und ruft auch. Der Mann schaut mich an. Störe ich? frag ich. Nicht wirklich, sagt er. Ich sage: Das könnte der Beginn eines guten Pornos sein.
Ein einsamer Mann im Schreibtischlampenlicht. Es klingelt. Eine Blondine kommt rein und hat zehn Kronkorken in der Zigarettenpackung. Sie gehen gemeinsam auf den Balkon, winken ein bisschen, und anschließend wird auf dem Schreibtisch zünftig gevögelt. Neben der Schreibtischlampe die Schreibtischschlampe.
Er lacht, will mich aber wieder loswerden, das sehe ich sofort. Nein, ich will nicht vögeln. Er glaubt mir kein Wort. Ich schenke ihm die Zigarettenpackung und verabschiede mich. Wir können ja öfter mal winken, schlage ich vor. Machen wir, sagt er, und grüßen Sie Ihre Freundin. Jetzt hat er mich gesiezt.
Draußen werfe ich meine leere Bierflasche mit voller Wucht auf die Straße. Einfach so. Wieder oben in meiner Wohnung erzähle ich meiner Freundin, ich hätte gerade meine Flasche auf die Straße geworfen. Warum? fragt sie. Einfach so. Sie erzählt, dass sie ihre Flaschen am liebsten von oben auf Pfosten schlägt. Weißt du, am Flaschenhals packen und senkrecht draufstampfen. Den Rest wirft man dann auf die Straße.
Auf dem Weg zum Kühlschrank huscht mein Spiegelbild an mir vorbei. Ich seh doch gut aus, sage ich zu meiner Freundin und stelle zwei Bierflaschen auf den Tisch. Natürlich, sagt sie. Aber, sage ich, seit heute kann ich meine Nase sehen. Ich schau dich an und sehe auch meine eigene Nase. Die muss letzte Nacht unglaublich gewachsen sein. Zeig mal her, sagt meine Freundin, und ich drehe mein Gesicht ins Profil. Sie sagt, sie könne keine wesentliche Veränderung erkennen, obwohl, eigentlich schon. Ich wusste es. Schon heute Morgen, als ich aufgestanden bin, war da plötzlich die Nase im Bild zusätzlich zur Brille. Seit heute kann ich meine Nase und meine Brille sehen und zwar immer. Ich sehe meine Brille und gleichzeitig durch sie hindurch. Ich sehe meine Brille, meine Nase und zwei Kronkorken. Jetzt

müssen wir wieder sammeln, und Zigaretten sind auch keine mehr da. Außerdem sollten wir mal wieder ins Theater gehen.
Gestern, sage ich, habe ich an einer Telefonbefragung teilgenommen und behauptet, ich nähme mehrmals im Monat eine kulturelle Veranstaltung wahr.

Stirb langsam 8

Wann werden Felix und Luise Sex haben, fragt mein Kind. Ich weiß es nicht genau, aber, sage ich und zeige auf die kleinen und etwas größeren Hasenköttel in unserer Wohnung, wenn die etwa gleich groß sind, dann werden Felix und Luise Sex haben. Das Kind geht auf Beobachtungsposten.

Meine Freundin und ich gehen ins Theater. Ein Gedränge. Wir mittendrin. Meine Freundin knutscht. Ich nicht.

Eine hochgewachsene Frau hinter uns ruft mit ihrer hohen Stimme: Lassen Sie mich durch, meine Freundin Nele steht da vorne. Ich will nur zu meiner Freundin Nele. Nele, huhu! Meine Freundin Nele. Dann lacht sie über ihren Scherz und fängt wieder von vorne an. Nele. Wie kann denn eine erwachsene Frau Nele heißen? Und warum sagt eigentlich niemand dieser Frau, dass sie still sein soll? Endlich geht die Tür auf und man rangelt sich rein. Das Stück ist eine Enttäuschung. Meine Freundin amüsiert sich trotzdem.

Scheiße, denke ich. Sehr häufig denke ich *Scheiße*. Ich sehe was und denke *Scheiße*. Was ist die Steigerung von Scheiße? Scheißscheiße. Das alles ist eine Riesenscheißscheiße.

Da, so ein Mädchen mit Ringelstrümpfen und großem Hund. Scheiße. Dort so eine Vorstadttussi mit zwei kleinen Puschelhunden. Scheißscheiße. Dabei habe ich doch ein Herz. Ich habe ein Riesenherz. Ein riesiges Riesenherz. Und beim Frühstück habe ich heute aus Versehen den Wirtschaftsteil gelesen. Riesenscheißscheiße. Deutschland steckt mitten in der Konjunkturkrise.

Stirb langsam 9

Ich liege wach. Mit geschlossenen Augen liege ich da und habe das Gefühl, zu stehen, weil ich den Druck der Matratze nicht spüre, die sich eigentlich unter meinem Körper befinden sollte. Wahrscheinlich schlafe ich. Im Stehen liegen.

Bleiben Sie sitzen, ich steh lieber. Ich bin den ganzen Tag schon gestanden, als ich so rumgestanden bin den ganzen Tag, was ich immer so mache, weil ich kann ja machen, was ich will.

Mein Kopf ruht auf dem Kissen, während die Schultern herabhängen. Das entspannt.

Um sicher zu gehen, dass ich auch schlafe, öffne ich die Augen. Dreiundzwanzig Uhr vierundfünfzig. Dann schließe ich die Augen wieder und drehe meine Handflächen nach oben. Das entspannt.

Ich zupfe ein bisschen an meiner Haut, die mir viel zu groß ist und in großen hautfarbenen Lappen an meinen Seiten herabhängt.

Ein Lappen. Zwei Lappen. Drei Lappen. Ein vierter Lappen. Da ein Lumpen. Schluss mit zählen. Es ist null Uhr achtunddreißig. Der Schönheitsschlaf beginnt.

Null Uhr neununddreißig. Ich denke, dass ich denke, denke ich. Die Gedanken verlassen mein Gehirn und verbreiten sich im Raum, sie fliegen raus auf die Straße, biegen um die Ecke, füllen Straße um Straße, die ganze Stadt. Ein paar dürre Gedanken wachsen seitlich heraus und verschwinden an unbekannten Orten, von wo sie nicht mehr wieder zurückkehren. Schon wieder habe ich zwei bis drei Gedanken verloren. Auf einmal waren sie weg. Das Denken, denke ich, strengt mich an.

Null Uhr einundvierzig. Neben mir wird laut geschnarcht. Und meine Füße sind kalt. Eiskalt. Deswegen. Schlaflos in Stuttgart Berlin New York Hongkong.

Zum Küssen benutzt er seine großen warmen Hände, erinnere ich mich und lege mein kaltes Bein über seinen Schlafkörper.
Ist es gut, dass mein Bein da liegt? Was will mein Bein über seinen Beinen? Sollte mein Bein überhaupt hier in diesem Bett liegen? Mit seiner hohen fiependen Stimme antwortet mein Bein[67], dass es schon in Ordnung ist, dass es jetzt da liegt, statt irgendwo da draußen rumzustehen. Okay, aber halt's Maul, sage ich zu meinem Bein, ich kann deine Stimme nicht ertragen, deine verstümmelte Stimme. Dein Stimmenstummel!
Was ist los? fragt Roman, der abrupt das Schnarchen aufhört.
Schläfst du schon?
Hm.
Ich habe das Gefühl, dass ich Schluss machen muss.
Kriegst du deine Tage?
Nein, ich will mich von dir trennen.
Komm schlaf.
Nein, ich kann nicht schlafen, ich will jetzt sofort zu Burger King gehen und ein Menü essen.
Aber du isst doch gar kein Fleisch.
Es gibt auch Gemüseburger. Ich muss mich trennen.
Komm jetzt schlaf einfach.
Ich kann aber nicht.
Roman sitzt.
Was machst du?
Ich steh jetzt auf.
Gehst du zu Burger King?
Nein, ich rauche eine Zigarette auf dem Balkon und trinke ein Bier. Kommst du mit?
Nein, ich geh nur mit zu Burger King.
Du spinnst ja.

67 Ich glaub, mein Bein pfeift.

Gehst du so raus?
Na klar geh ich so raus – Pimmelattacke! sagt er, zieht sich an und geht raus.
Null Uhr achtundfünfzig. Ich entfalte mich in seiner Wärme, die da geblieben ist und schlafe ein. Als ich aufwache, ist er weg.

Stirb langsam 10

Eine legendäre süddeutsche Szenegröße spielt auf. Ab nach Mitte. Die nächste kulturelle Veranstaltung ist fällig.

Ich stehe in einem Club, ausgestattet wie 1971, umringt von Leuten, ausgestattet wie 1973, und ein Barde mit zwei Synthies[68] und einer roten E-Gitarre ist auch da. Er steht auf einer zwei mal ein Meter großen Bühne und lächelt ins Publikum, das sein Freund ist.

Ein wenig Probleme hat er mit dem Mikrofonständer, der auf der kleinen Bühne kaum einen Platz zum Stehen findet und deshalb ständig kippt. Das Mikrofon an sich sitzt auch sehr locker und will dem Singenden vom Mund wegklappen. Der muss ganz schön schwitzen, während er den Mikroständer mit dem Fuß stabilisiert und sich gleichzeitig beim Singen das Mikro mit dem Kinn an den Mund drückt. Er schwitzt. Die Texte seiner Lieder fallen ihm nicht mehr ein, oder er hat ganz vergessen, wie das Lied noch mal geht. Sagt er scheu ins Mikrofon. Er spielt sich seine Begleitung von Kassetten zu, die er aus einem Kassettenkoffer von 1978 herauskramt und auftürmt. Er entschuldigt sich, weil die entscheidende Taste seines 70er-Keyboards[69] leider nicht funktioniert. Manchmal hat er das falsche Gerät in den Verstärker[70] eingesteckt, weshalb er dann die aktuelle Kassette[71] noch mal zurückspulen muss und dabei einige der anderen Kassetten herunterschubst. Ich setze mich auf den Boden und blicke nicht mehr zur Bühne. Der Sound schreddert durch die Lautsprecher, und ich versteh kein Wort, was eigentlich egal ist, denn der Barde singt fran-

68 1970
69 Bontempi
70 1968
71 1979

zösisch. In Frankreich war ich noch nie, denn was will ich in Frankreich, wenn ich kein Wort Französisch spreche.
Vor mir stehen weiße Lackstiefel und ein blau-rot-grün karierter Faltenrock daneben rote Lackstiefel mit einem braun-gelb-karierten Faltenrock und einem dicken weißen Plastikgürtel. Mensch, ist das ein niedriges Mädchen, denke ich, da ich den Gürtel sehen kann, obwohl ich den Blick bereits auf meine eigenen Schuhe[72] gesenkt habe. Rums. Ich schaue wieder zur Bühne. Dem Barden ist das Halteband der Gitarre rausgeflutscht. Das Publikum, ein einziger großer bunter Fan, ganz breit aber flach mit etwa einhundert Köpfen, lächelt ununterbrochen, klatscht in die etwa zweihundert Hände und wünscht sich den einen oder anderen Titel. Ja, der Künstler ist berühmt. Und im Stadtmagazin steht, er sei an Niedlichkeit nicht zu überbieten. Ja, ein ganz Süßer! fällt mir da auf, und ich weiß plötzlich, wie's gemeint ist. Die fröhlichen anderen sind da, um sich zu amüsieren, sind so hübsch verkleidet und haben sich als Clou noch ein gebuntetes Plastiktäschchen[73] an den Arm gehängt.
Hauptsache Scheiße, denke ich und trinke an meinem Bier.[74] Vor der dritten Zugabe lasse ich mein Bier stehen und steige in den Nachtbus[75] nach Hause. Unterwegs bekomme ich eine kleine Angst, ich könnte vielleicht bald dem Alkohol entsagen und nur noch alleine zu Hause sitzen wollen.

72 37
73 1976
74 2006
75 N5

Stirb langsam 11

Mein Arm ist eingeschlafen. Ich nicht. Ich weiß nicht, was ich mit meinem Kinn anfangen soll. Plötzlich stört mich mein Kinn. In welcher Position soll ich es einrasten lassen? Ich probiere viele Möglichkeiten aus, aber keine passt. Beiße ich die Backenzähne zusammen, bin ich ganz verbissen und bekomme Angst vor Knirscherschienen. Lasse ich locker, fällt der ganze Unterkiefer in sich zusammen. Dass Leute nicht wissen, was sie mit ihren Händen anfangen sollen, ist bekannt. Aber dass man auch Schwierigkeiten haben kann, ein Kinn zu platzieren, wusste ich nicht.

Stirb langsam 12

Vom einsetzenden Schneeregen fühle ich mich persönlich angegriffen und bin bereit, sofort zu erkranken. Prompt habe ich Zahnschmerzen und bekomme eine dicke Backe, die meinem Gesicht einen Akzent verleiht, der mich an meine Großmutter erinnert. Aber wer will schon aussehen wie die eigene Großmutter?
Voller Optimismus habe ich vorige Woche Narzissen in meine Wohnung gestellt. Und jetzt das.
Eine ernste Erkrankung ist jederzeit möglich, ein Arztbesuch aber völlig ausgeschlossen. Dachte ich. Dann gehe ich doch zur Zahnärztin. Das näher rückende Osterfest mit seinen Feiertagen und der damit verbundenen Option auf einen 12-stündigen Aufenthalt beim zahnärztlichen Notfalldienst haben mich hingetrieben. Eine halbe Stunde lang lese ich im Wartezimmer eine alte Gala und erfahre, warum Ulla Kock am Brink nicht glücklich ist, dass Iris Berben nicht an die lebenslange Treue glaubt, dass Boris Becker behauptet, da sei nichts gewesen, und dass Britney Spears immer noch 19 Jahre alt ist. Madonna bewahrt ihre Pelzmäntel in einer Kühlkammer auf, und vielleicht sei sie dort auf den Hit *frozen* gekommen, ebenso verfährt Cher mit ihren wertvollen Perücken. Ich betrachte Nicolette Krebitz bei ihrem Modefotoshooting *Feuer Wasser Luft* und weiß nun, dass Til Schweiger Geburtstag hatte, 1963 in Freiburg geboren wurde und damit viel älter ist, als die junge blonde Dame auf dem Bild daneben, die ebenfalls Geburtstag hatte. Erschreckend viele Leute sind jünger als ich, wird sich Til Schweiger vielleicht denken, denke ich, als ich aufgerufen werde. Dreißig Penicillin-Mega-Tabletten für die nächsten zehn Tage und eine Überweisung zum Kieferchirurgen. Der Weisheitszahn muss raus. Ja, der Weisheitszahn muss raus.

Ich eile zum nächsten Kieferchirurgen. Auf den letzten Stufen vor dem Praxiseingang liegen haufenweise Blutstropfen herum und schauen mich an. Dem Chirurgen begegne ich schon am Empfang, denn er hat so viel zu tun, dass er einzelne Patienten auch dort behandelt. Ich erfahre, dass bei der Frau mit dem grünen Kühlbeutel auf der Backe alles bestens verlaufen ist, welche und wie viele Schmerztabletten sie nehmen soll und wann ihr nächster Termin ist. Ich stelle mich auf eine lange Wartezeit ein, werde aber bald gemeinsam mit einem Herrn Stieler aufgerufen. Ich bin Herr Stieler, sage ich zum Kieferchirurgen. Er lacht nicht. Kein Wunder wenn man nur mit Menschen zu tun hat, die unter starken Schmerzen leiden. Mit Schmerzen scherzen, reime ich, aber ganz insgeheim. Herr Stieler hat sich offenbar davongestielen.

Selbstverständlich geht alles ganz schnell. Nagelneue Röntgenaufnahmen, die Bestätigung der dreißig Penicillin-Mega-Tabletten für die nächsten zehn Tage und ein OP-Termin wegen besagtem Zahn. Wir stehen mit einer kleinen Gruppe Frischoperierter und Frischangekommener am Empfang.

Die anderen müssen auch raus, sagt der Chirurg und nennt einen zweiten OP-Termin.

Alle auf einmal, denn einen zweiten Termin werde ich wohl nicht mehr wahrnehmen wollen, sage ich zum Chirurgen. Okay, sagt der Chirurg. Und ich: Vollnarkose. Meine Vision, dass ich bei der nächsten Vollnarkose [76] sterben werde, behalte ich für mich.

Schon auf dem Weg hinaus durchs blutverschmierte Treppenhaus führe ich Selbstgespräche. Ich wiederhole das eben geführte Gespräch in kleinen Variationen.

Er: Die Zähne müssen raus.

Ich: Ich weiß.

Er: Aber erst muss die Entzündung abheilen.

76 Die Narkose geht in die Hose. Der 13. Juni wird also mein Todestag sein.

Ich: Ich weiß.
Er: Sie kommen gleich in der Woche nach Ostern.
Ich: Nein.
Er: Dann eine Woche später.
Ich: Nein.
Er: Dann müssen wir's im Mai machen.
Ich: Können wir's auch im Juni machen?
Er: Wir brauchen's gar nicht machen.
Ich: Ich weiß.
Er: Aber der Zahn kann sich immer wieder entzünden.
Ich: Ich weiß, aber solch eine Entzündung habe ich nur alle drei Jahre, das ist eine gute Quote. Wir haben Zeit. Vielleicht sterbe ich ja in zweieinhalb Jahren.
Auf dem Weg zur U-Bahn sage ich immer wieder: Da ist eine Diskrepanz, oder einfach nur: Riesenscheißscheiße. In der U-Bahn kann ich schon wieder auf meine Umwelt reagieren. Sehe ich eine Frau mit Pelzkrägelchen, sage ich: Puschel. Als sich zwei Bekannte offensichtlich zufällig auf dem Bahnsteig treffen, sage ich: Gesten. Irgendwann verstumme ich ganz. Zuhause kann ich mit dem Kind wieder ganz normale Konversation üben.
Ja, ich komme gleich! Nicht so laut! Sofort aufhören!
Jetzt sitze ich in meiner Wohnung mit meiner dicken Backe und den dreißig Penicillin-Mega-Tabletten, die jeden Tag weniger werden, wie die Schwellung in meinem Gesicht.

Stirb langsam 13

Ich wähle Romans Nummer. Er kommt angefahren. Und braucht dazu eine ganze halbe Stunde. Die S-Bahn ist zu langsam.
Dann ist er endlich da, dreht einen Joint zusammen und lächelt sein Ich-weiß-was-für-dich-gut-ist-Lächeln. Wir rauchen. Das Gehirn wird runtergefahren. So ein runtergefahrenes Gehirn mag nicht denken. Tut's aber trotzdem. Bilder sausen vorbei, es ertönen Musiken.
Ich verlange von Roman, dass er mir die Hände eincremt. Bitte, bitte creme mir die Hände ein, sage ich und spreize meine Finger. Die haben ja Schwimmhäute heute. Gleich, sagt er, nur eine Minute, sagt er und beginnt. Aber ich habe doch nur zwei Hände, sage ich und halte sie vor sein Gesicht. Gerade waren es noch vier. Er befiehlt meinen Händen, nach seinem Schwanz zu greifen, was sie tun, während seine fünf bis acht Hände meinen Körper zudecken bis es mir gekommen ist. Bis in die Fingerspitzen.[77] Ich glaube, mich fickt ein Alien, überall Tentakel, und am Schluss cremt er mir die Hände ein.
Jetzt ist die Minute um, sagt er.
Dich werde ich nie los, sage ich.

77 zehn

Epilog

Horst hat in Berlin-Weißensee ein neues Leben angefangen.
Uschi trinkt Becksbier, immer nur Becksbier.
Ob die Umstände, die zu Steffens Tod führten, geklärt werden konnten, habe ich nie erfahren.
Ich bin am 13. Juni doch nicht gestorben.
Mein Kind wird Oliver Kahn.
Roman hat mich nach der Veröffentlichung dieses Buches verlassen.
Und Kaninchen gähnen doch.

Vielen Dank für die Unterstützung, fürs Gegenlesen, fürs Korrekturlesen an:[78]

Jenni Englert,
Christian Ganzer,
Susanne Lehnig,
Anja Limbrunner,
Rolf Miller,
Susanne Opitz,
Anke Ortmann,
Micha Pigl,
Sönke,
Johnny Sommer,
Henriette Wagner,
Robert Weber,
Martin Wieser,
Felicia Zeller

78 in alphabetischer Reihenfolge

singles 6

Verlag Voland & Quist, Dresden und Leipzig, 2006

Umschlaggestaltung: Mario Helbing und Marcel Theinert
Gestaltung und Satz: Tropen Studios, Leipzig
Druck und Bindung: C.P.I. Moravia, Czech Republic
Mastering: Martin Wolter

www.voland-quist.de

Auf CD

Dreizehn Geschichten in einem Satz , gelesen von Marion Pfaus:

1. Titel	0'06
2. Fünf S	0'53
3. Das Gehirn meiner Freundin	2'01
4. Im Sommer	0'39
5. Die Schönheit der Berge	2'30
6. Die Bauarbeiterhose	2'51
7. Zwei m^2	1'53
8. Am Telefon	1'10
9. Augen	1'40
10. Automat	1'05
11. Fahrradsturz im Volkspark	1'02
12. Die Psychologie der Tabelle	1'45
13. Arbeitslos	0'56
14. Tod im Treppenhaus	2'09

Videobrief von Rigoletti 8'30

Rigoletti antwortet ihrer Freundin Zeller (Videobrief an Rigoletti). Rigoletti ist The most unknown Popstar und beschreibt, wie sie durch viel Kunstarbeit, Bücher schreiben, Musikvideos drehen, schauspielern, fotografieren, Drehbuch schreiben und, wenn noch Zeit bleibt, ein bisschen Videokunst machen, zum Erfolg kommen möchte.

Berliner Passe 4'04

Rigoletti pflastert eine Berliner Passe. Jeder dieser Bernburger Mosaiksteine trägt auf der Unterseite ein R. Das Rigoletti-Denkmal.

Die Filme lassen sich mit gängiger Software wie Windows Media Player oder QuickTime Player abspielen. Bei langsamen Laufwerken empfiehlt es sich, den Film zuvor auf der Festplatte zu speichern.

weitere Filme auf www.rigoletti.de